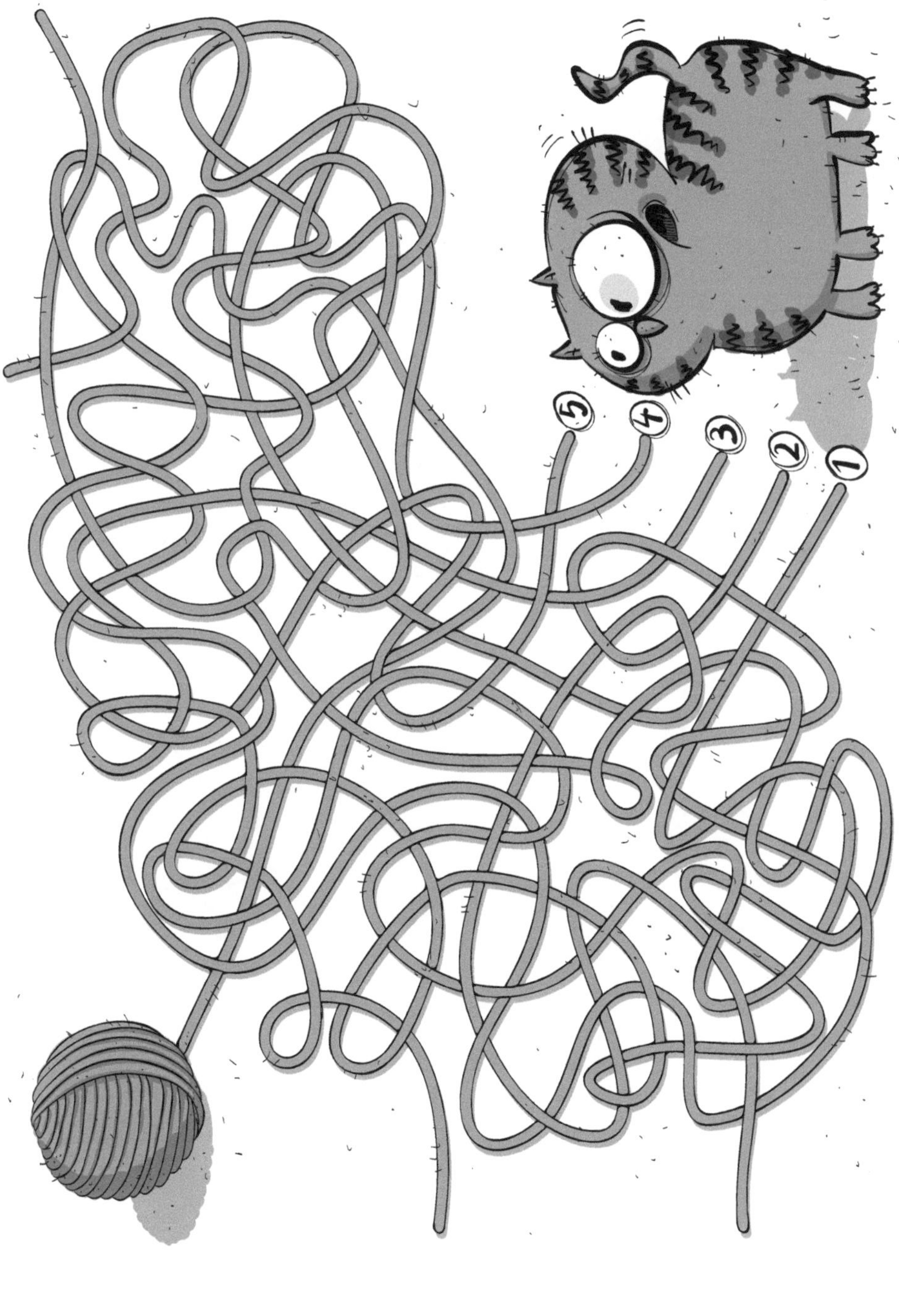

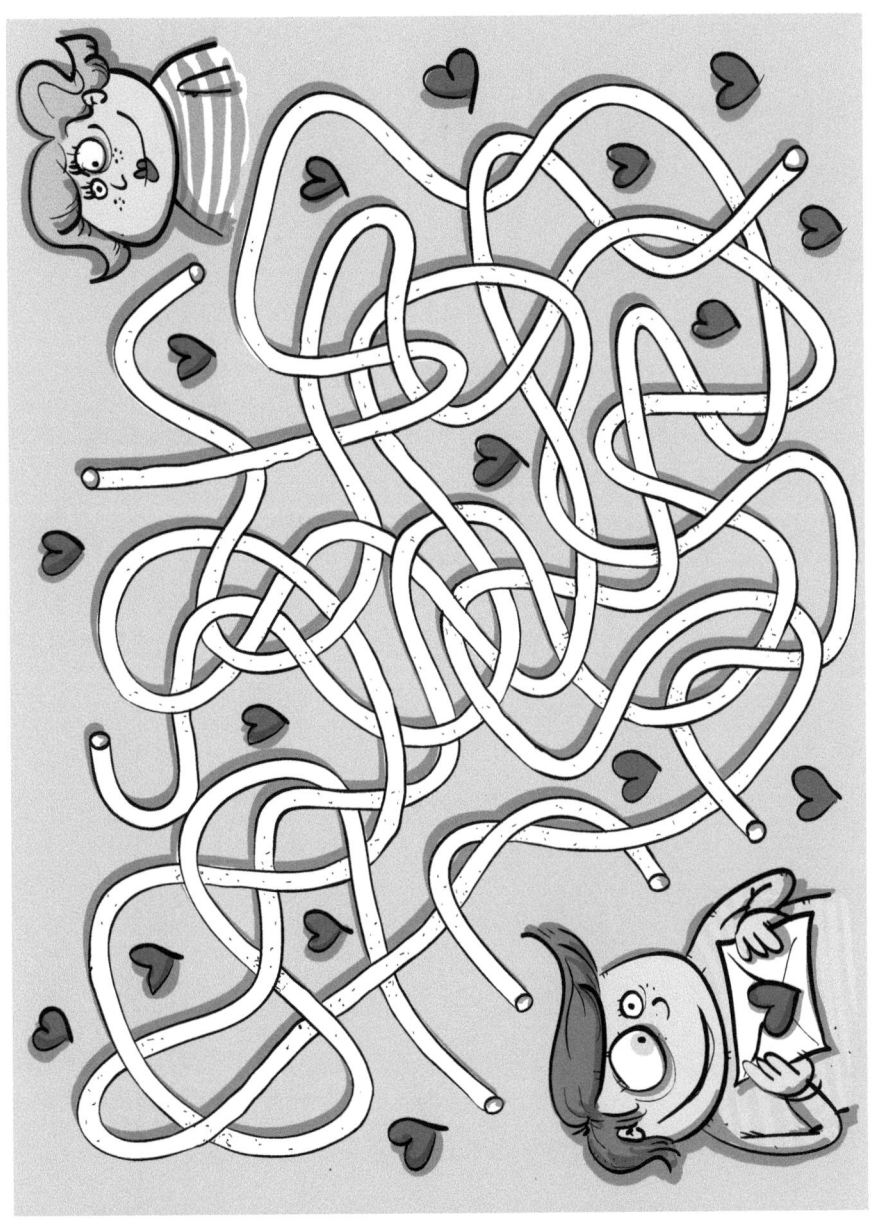

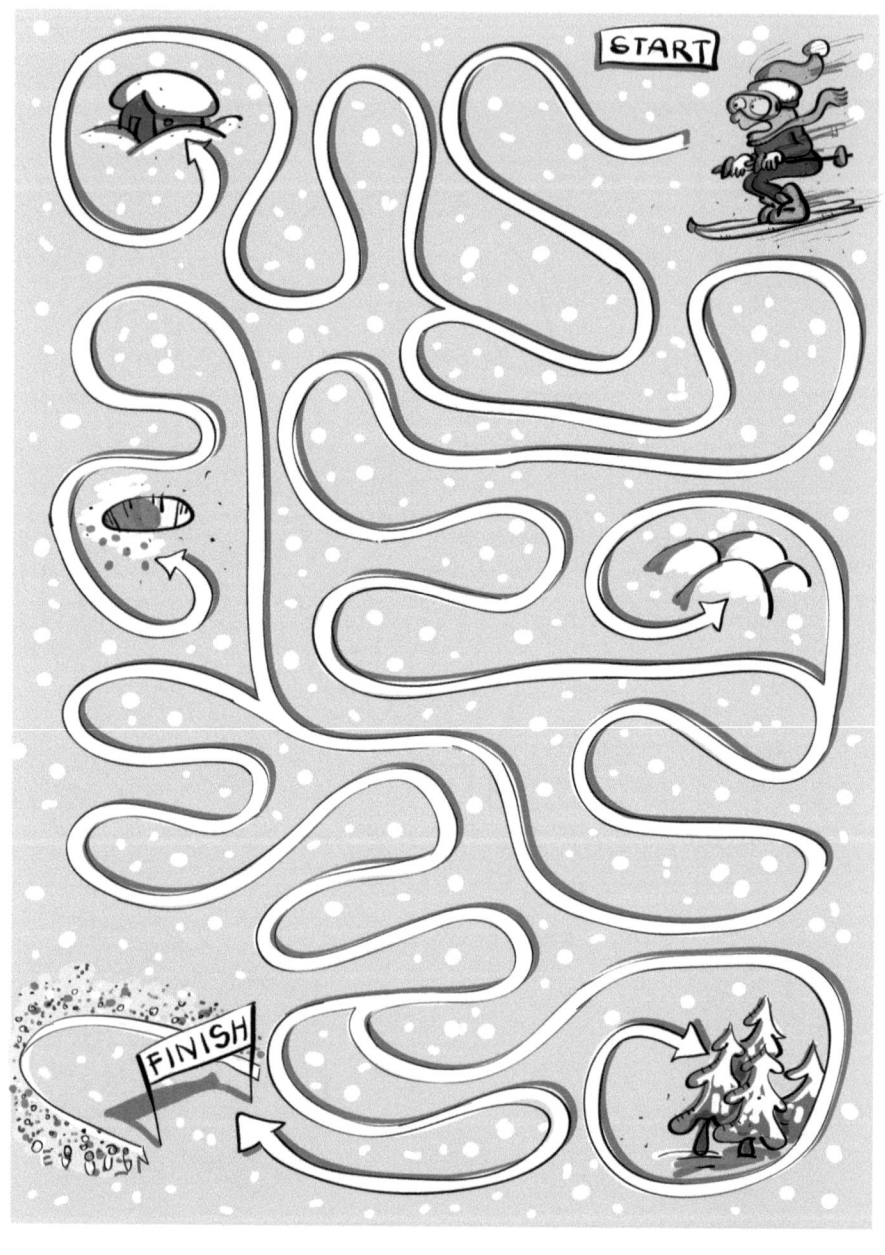

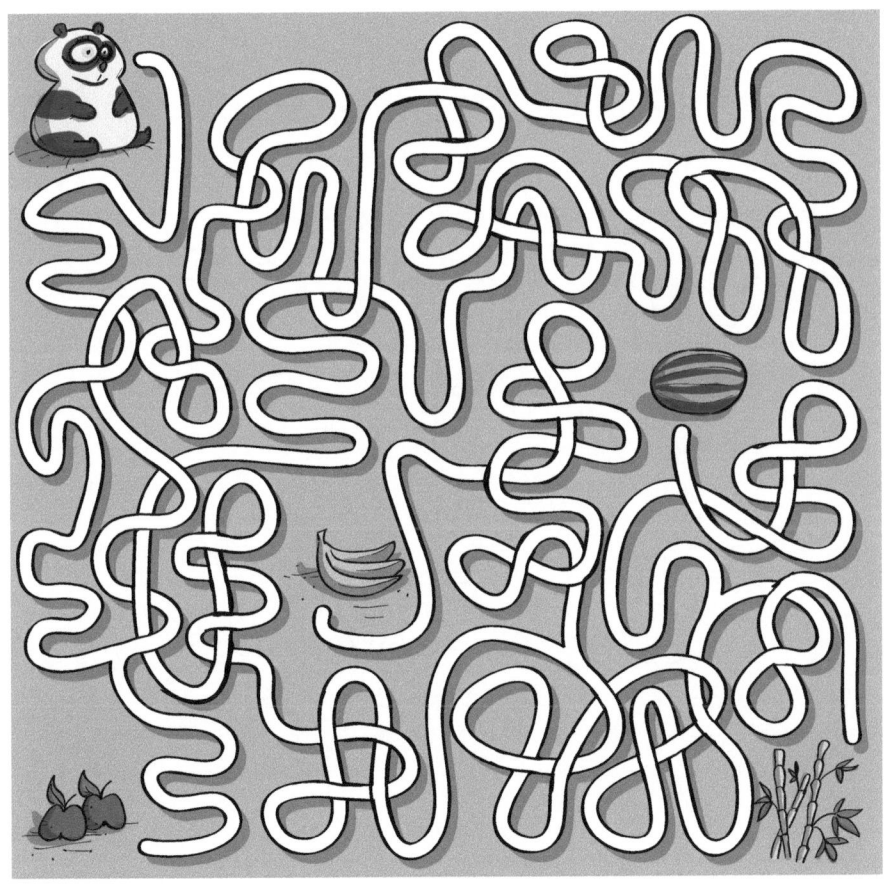

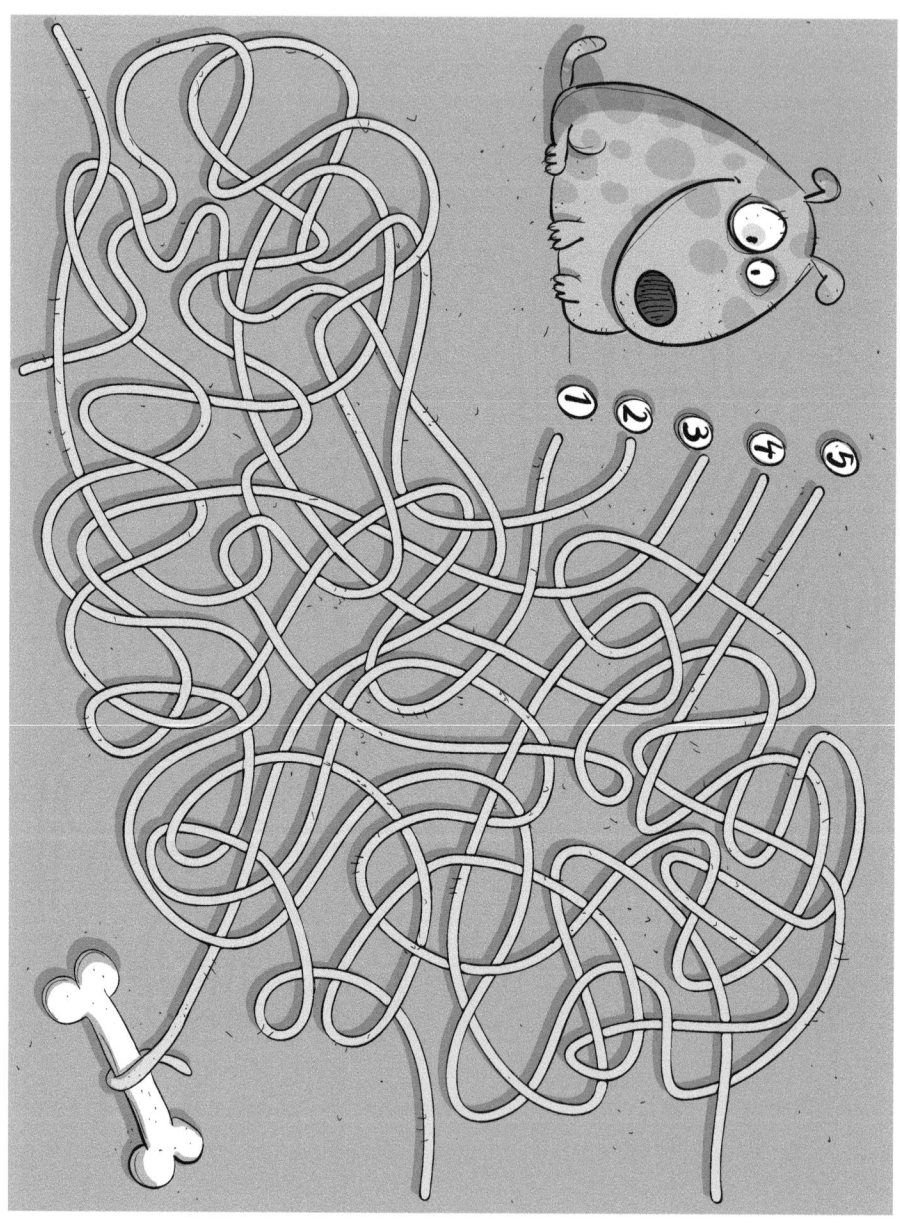

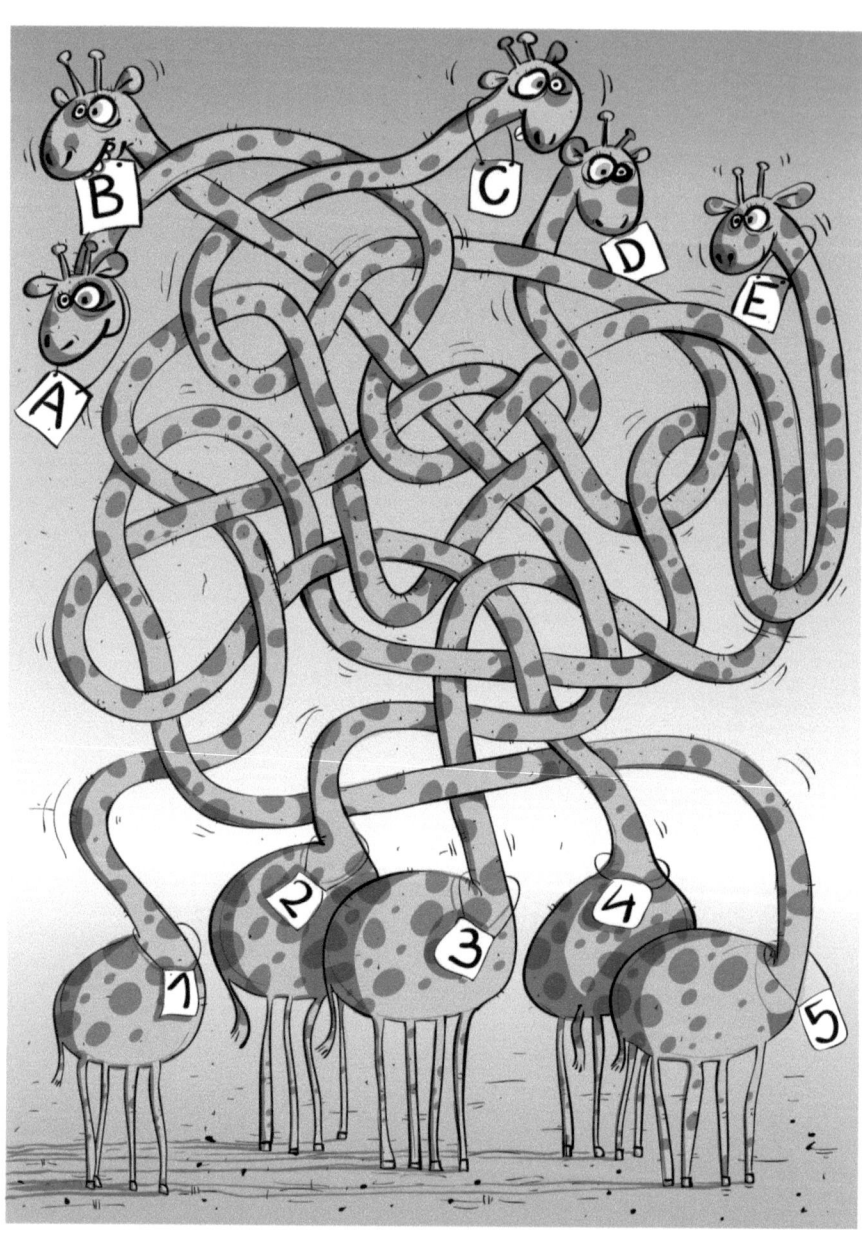

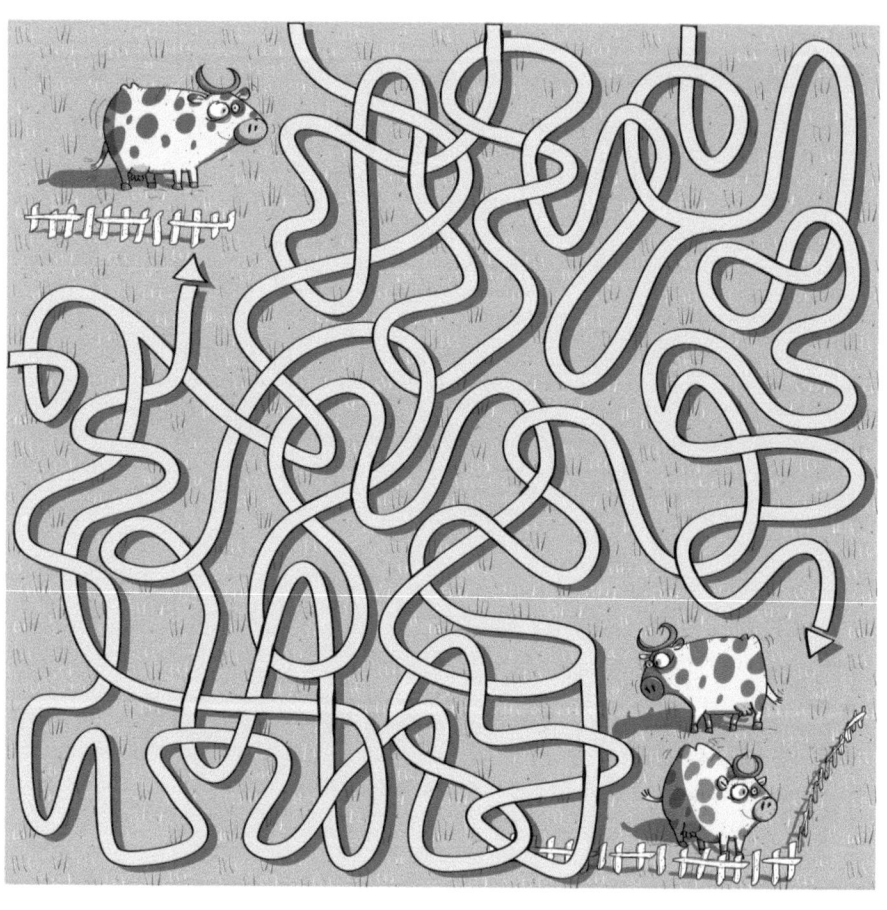

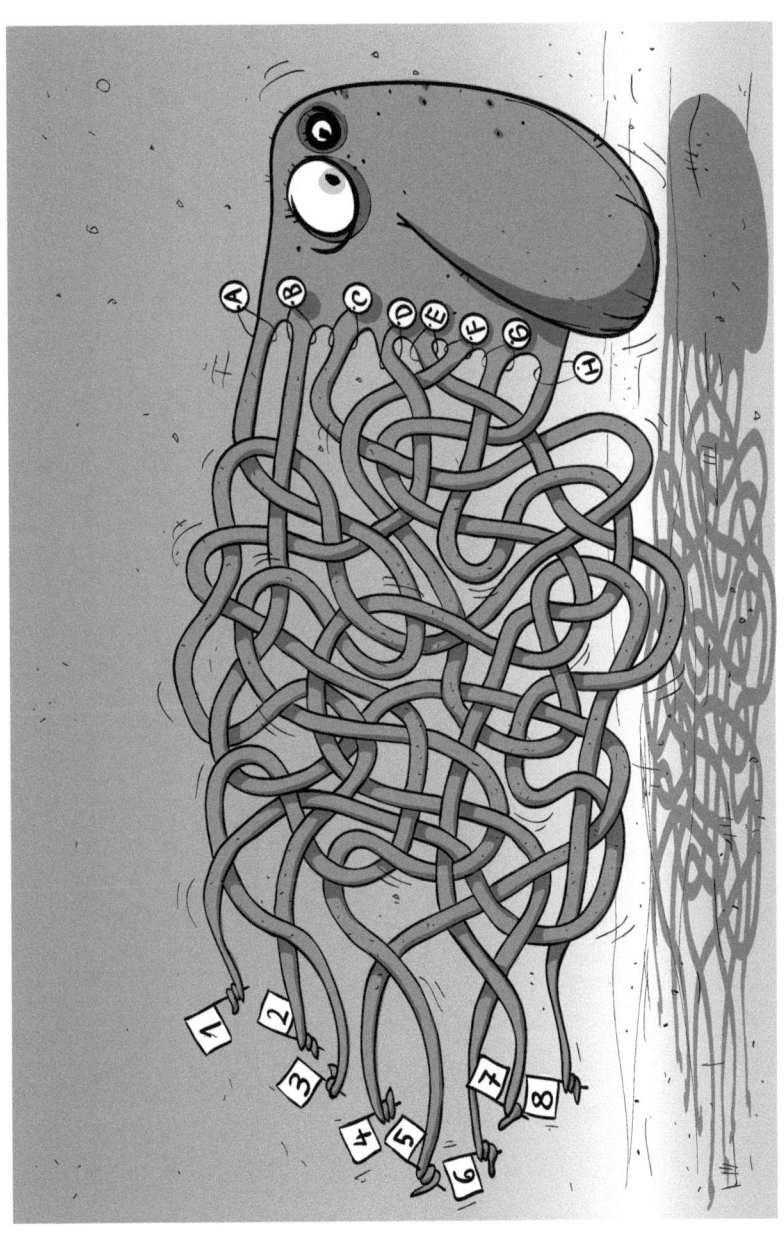

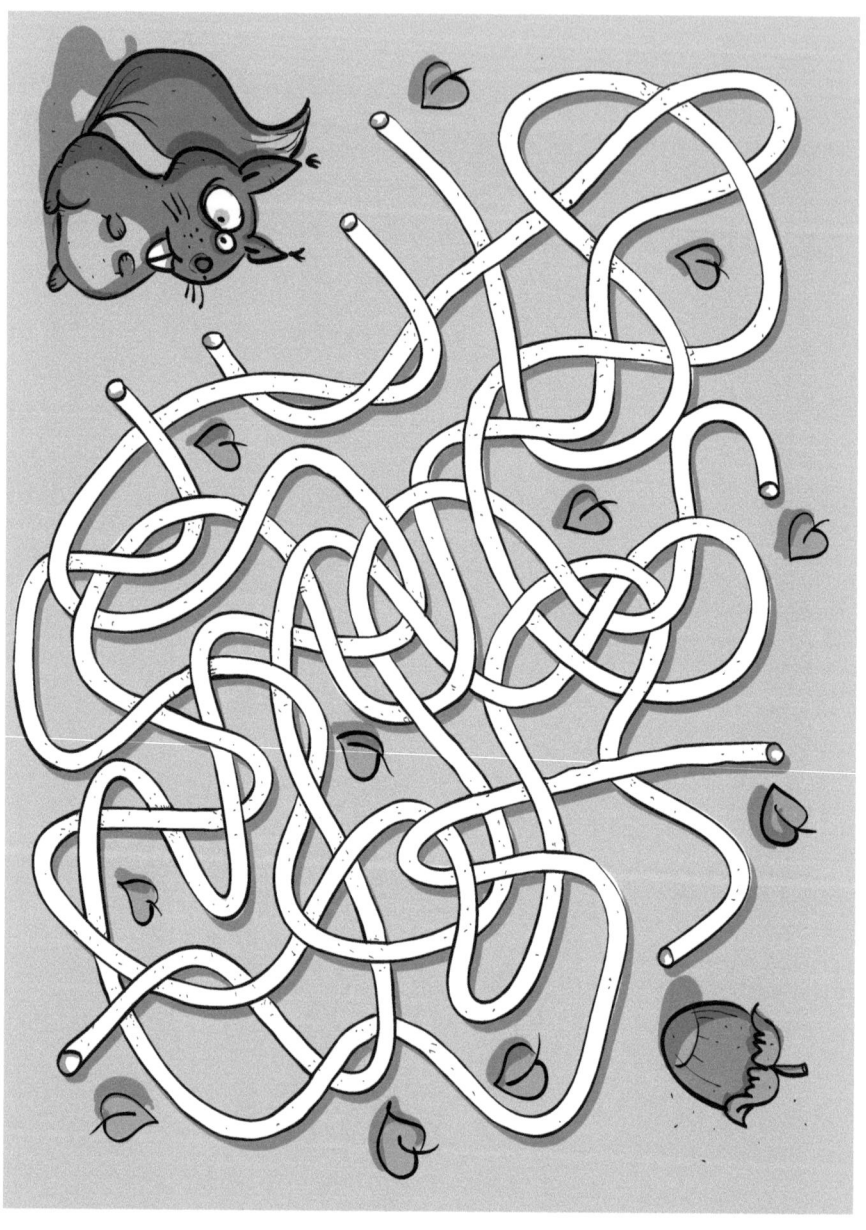

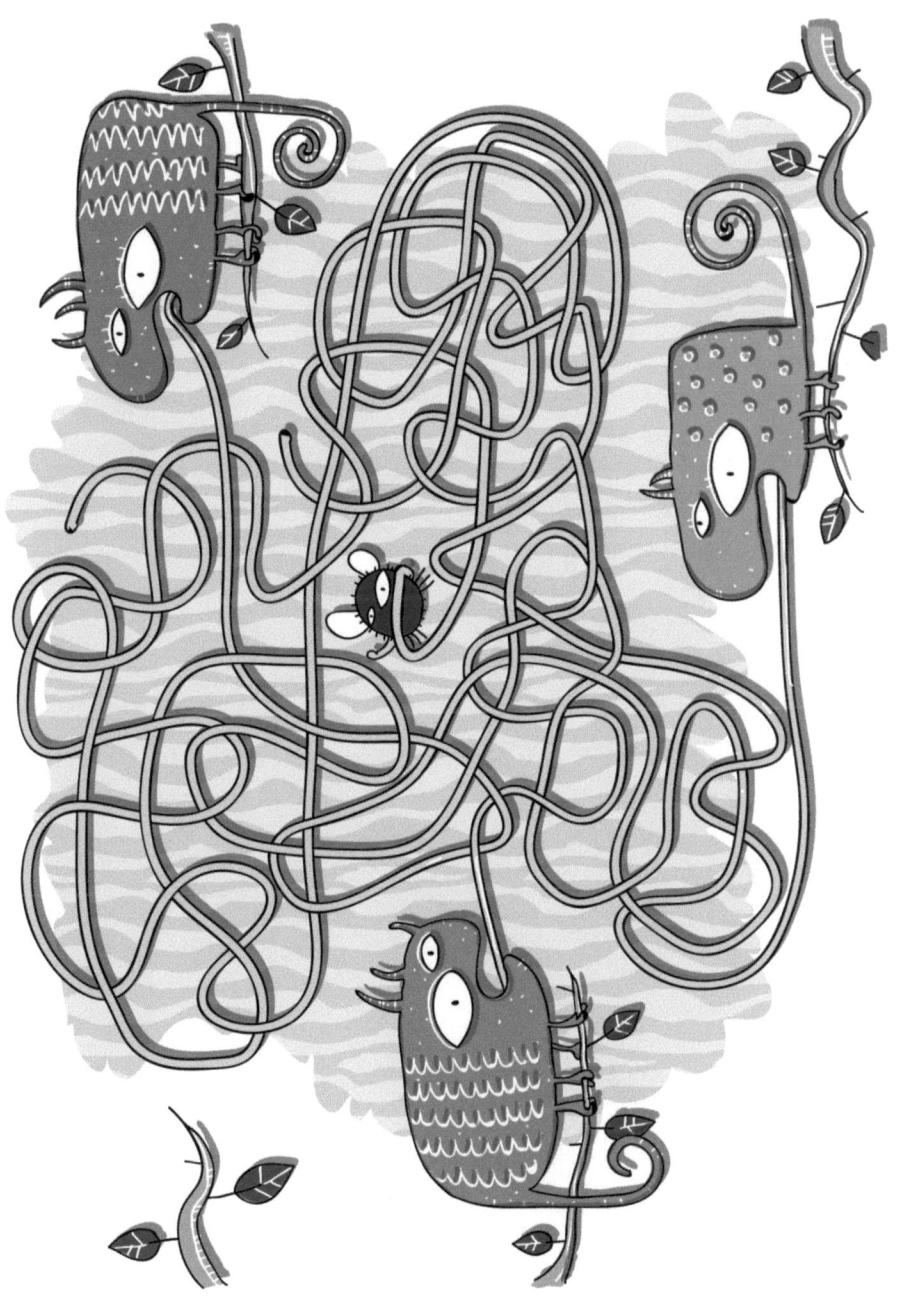

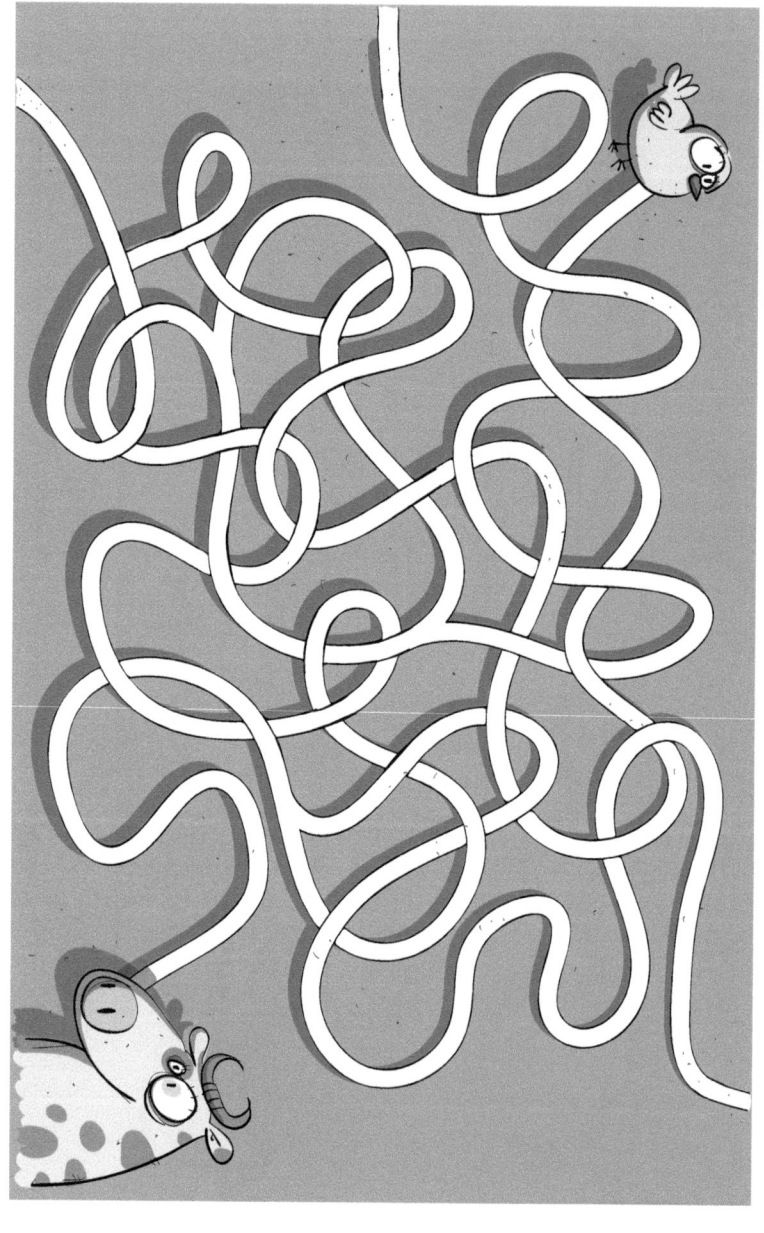

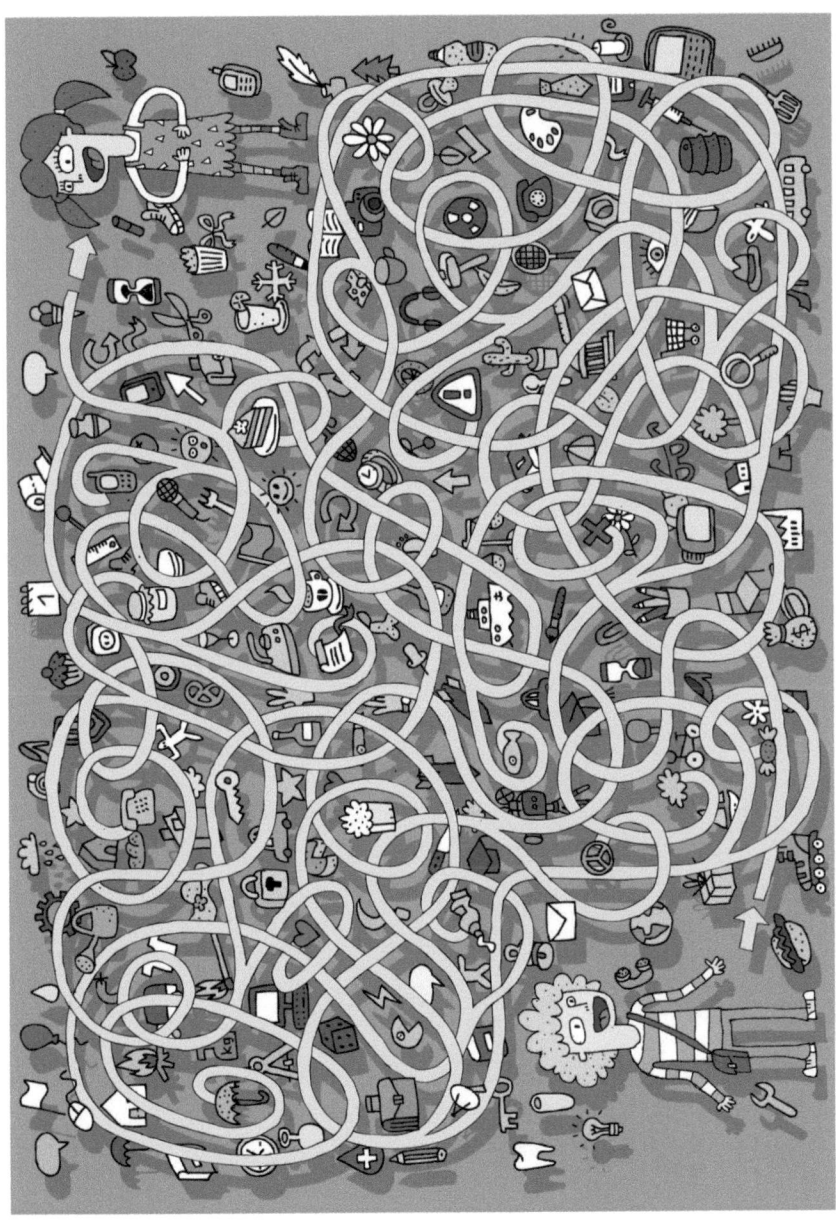

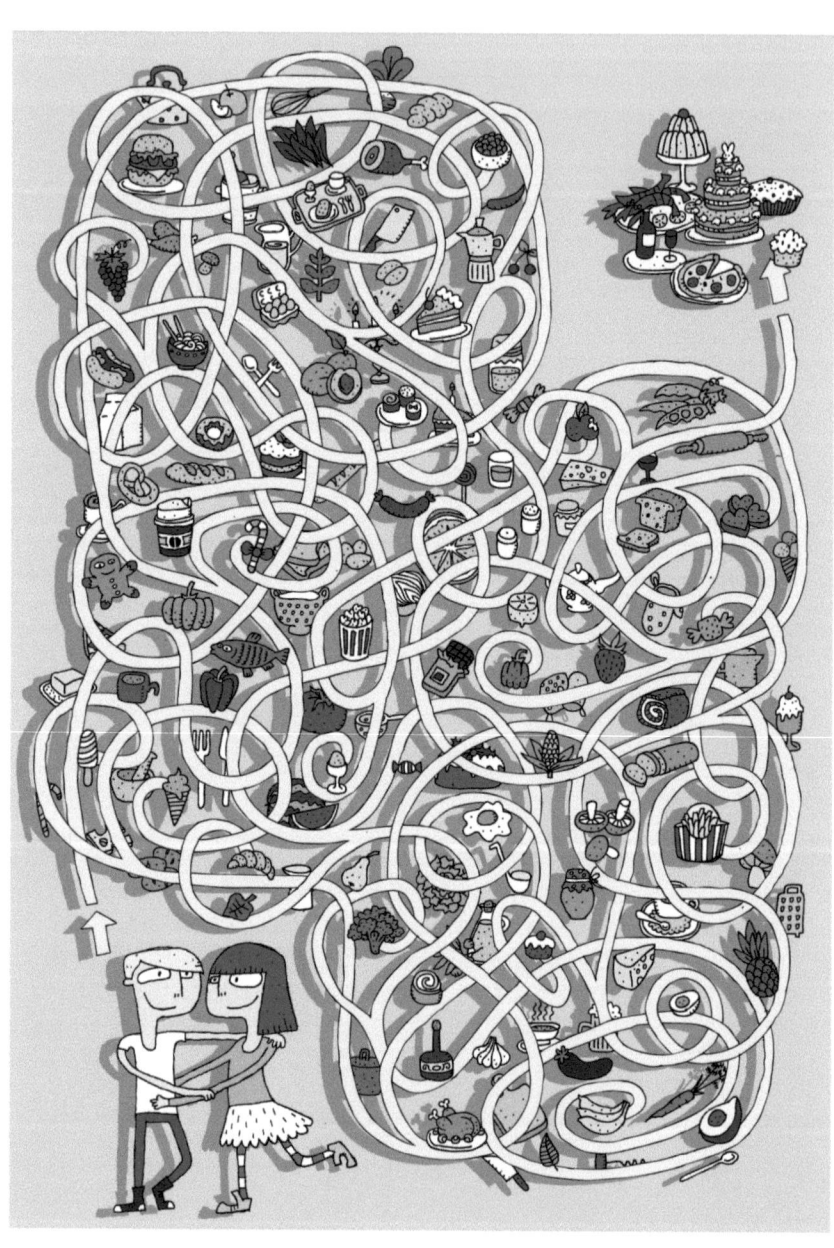

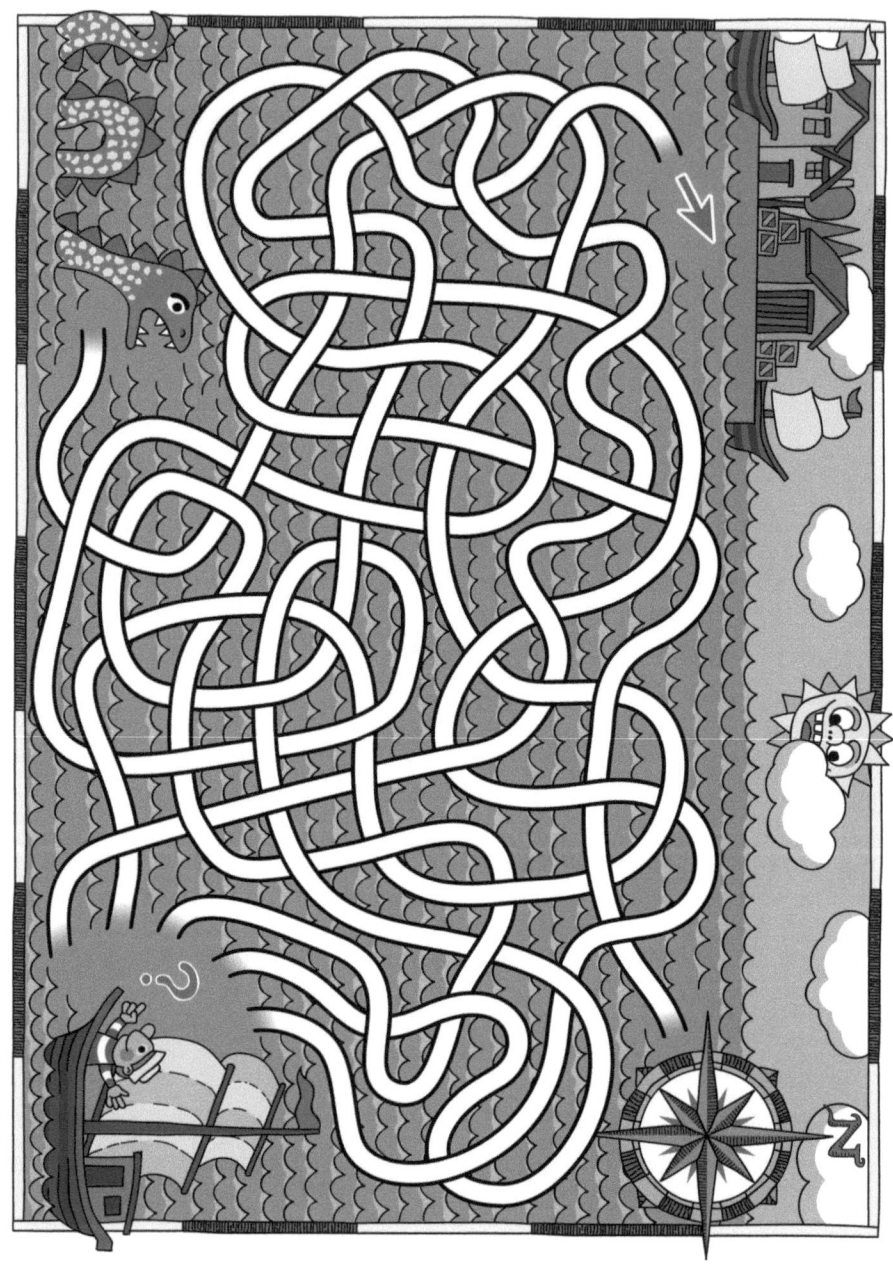

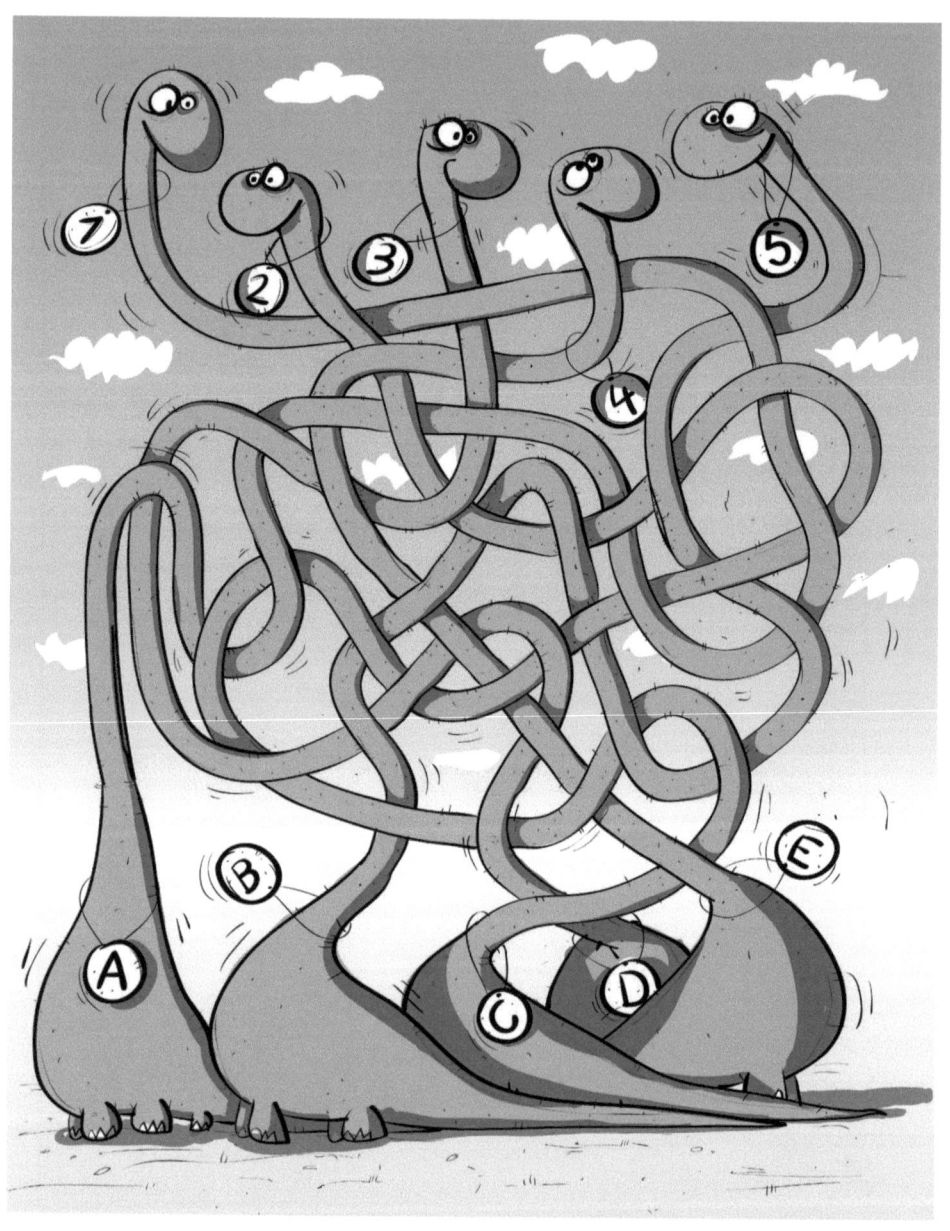

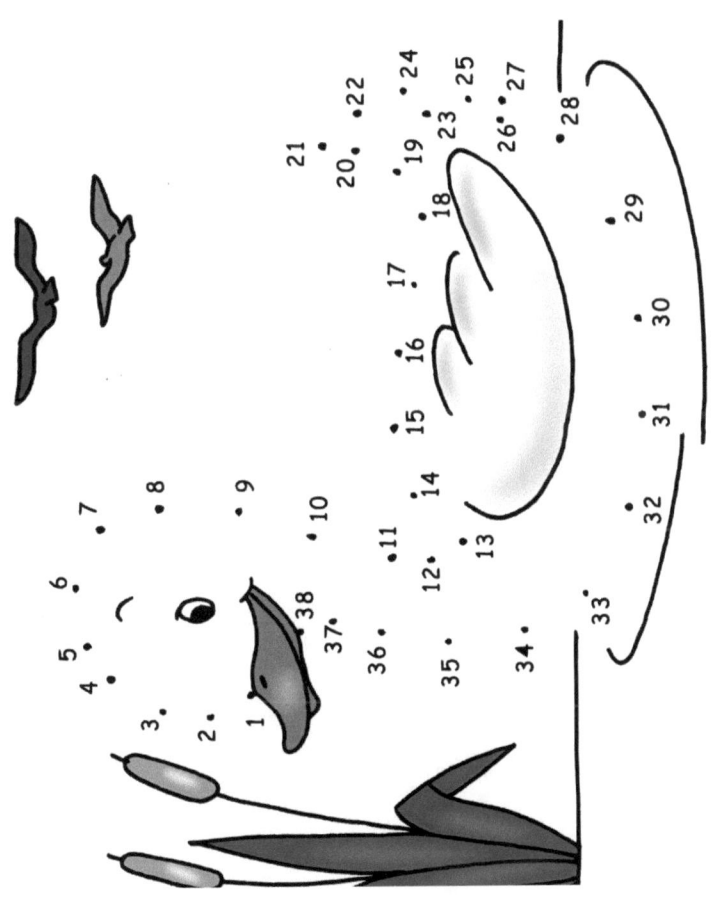

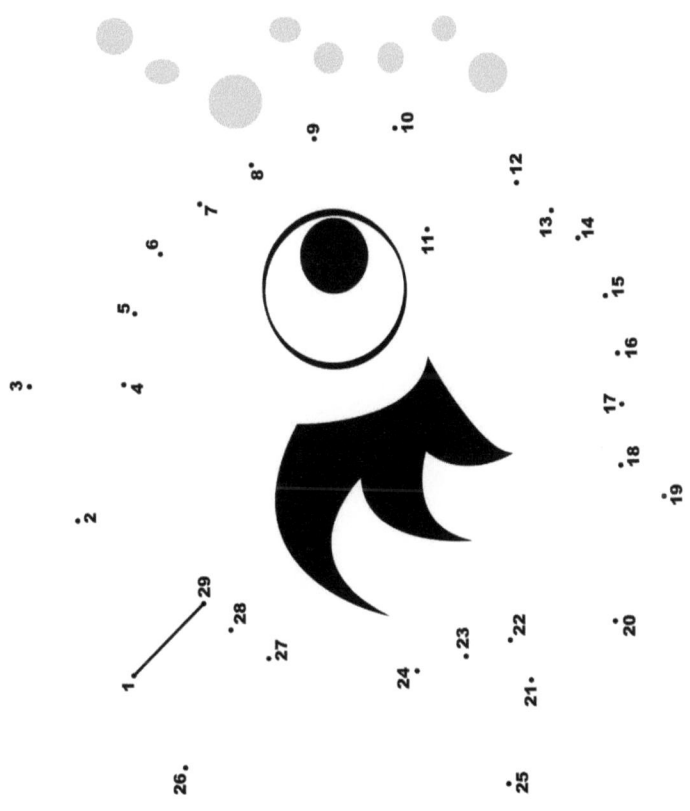

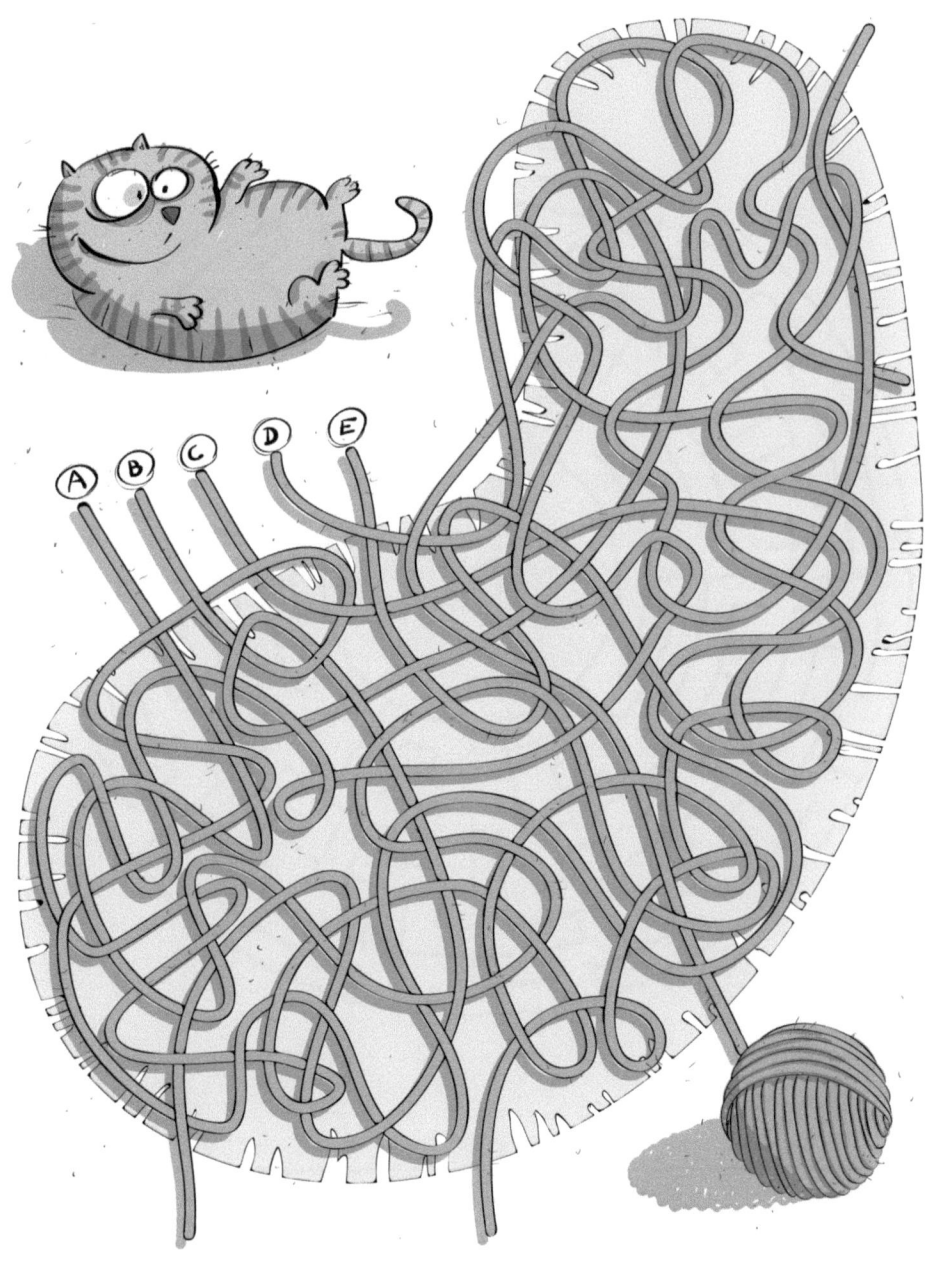

© Andrew Abato, Herstellung und Verlag: Books on Demand GmbH, Norderstedt, Zeichnungen: Dreamstime.com, Printed in Germany
ISBN 9783756229000

PSYCHE – THE NEXT LEVEL

und andere Mosaiksteinchen

von

Burkhard Tomm-Bub / BukTom Bloch

SF, 2021, BoD

In memoriam
Natascha Randt

2021

INHALT

PSYCHE - the next Level!

Mitte des 21. Jahrhunderts hatte man heraus gefunden, dass nicht immer und nicht für alle Menschen ein anderer Mensch die beste Hilfe bei psychologischen Schwierigkeiten war.
Es waren aber auch keine Androiden oder KI`s die effektiver unterstützen oder sogar helfen konnten.
Es waren die personifizierten Anteile der Menschen selbst.
Und so schuf man diese.
Die virtual reality, die VR, war nun so weit fortgeschritten, dass niemand mehr Realität und Projektion unterscheiden konnte, zumindest nicht ohne weiter Hilfsmittel und eingebaute Sicherungen.

Nathan Randt war einer der Menschen, die ein solches Vorgehen als lohnenswerten Versuch ansahen.
Natürlich hatte es einige Vorgespräche mit mutmaßlich echten Menschen gegeben und natürlich musste er seine nicht ohnehin schon bekannten Daten für diesen Zweck von allen datenschutzrechtlichen Einschränkungen frei stellen.
Aber das alles ging zügig vonstatten und heute war sein Termin im Psycho-Dom.
Für die Gestaltung der Örtlichkeit und das Aussehen seines Gegenübers hatte er Wünsche und Vorlieben angeben können - war aber mehrfach aufgeklärt worden, dass man diese diese nicht vorrangig berücksichtigen werde. Entscheidend sei, das Setting so einzurichten, wie es ihm mutmaßlich am besten nützen würde.
Und da war er nun.
Wie vorgeschlagen, verfasste er hinterher auch einen "Bericht an sich selbst" darüber.
Und dieser las sich wie folgt.

"Gespräch mit der Angst.
 - ZEIT SICH MAL ZUSAMMEN ZU SETZEN -

Angst und Ich am Tisch.
Angst stützt den Ellenbogen auf, legt das Kinn auf die Handfläche und starrt gelangweilt, wenn auch wie immer mit leichter Paranoia im Blick, Löcher in die Luft.
"Hey, Angst."
"Mmh, hm?"
"Du nervst. Klaust mir Zeit und ziehst mich runter."
Angst schaut etwas indigniert aber nun aufmerksamer herüber.
"Ah, ja. Und das hältst Du nun für den gelungenen Auftakt für ein konstruktives Gespräch, ja?"
Ein Moment Stille.

"Na gut. Fangen wir noch mal an. ... Also. Du machst einen verdammt guten Job!"

Angst grinst.

"Jetzt mal nicht gleich übertreiben. Wieso?"

"Na, ja. Weil. Es stimmt schon. Ohne Dich käme die Körperchemie nicht richtig in Schwung, wenn wirklich Gefahr droht. War doch schon immer so. Flüchten oder Kämpfen. Die inneren Säfte braucht man halt dringend für beides."

"Verdammt richtig. Ohne mich gäbe es die gelobte Menschheit nicht! Auf der Flucht erlegt, im Kampf unterlegen. ... Aber. Das ist Lehrbuchwissen."

"Ja. Stimmt. Es ist halt ein Problem. Du bist überempfindlich und paranoide ..."

Angst lacht.

"Alter! Das ist mein Job, ok?!"

"Schon ... Aber. Du übertreibst. Und ..."

"Jetzt pass mal auf."

Angst beugt sich etwas vor.

"Lieber zwei mal zu früh und zu viel, als einmal zu wenig und zu spät. Sonst hat nämlich der Säbelzahntiger bereits seine Hauer in Dein edles Gesäß gebohrt, oder das Klavier ist Dir auf den Kopf gefallen! Klar soweit?"

"Schon ..."

Ein Moment Stille.

"Also ... es geht mir vor allem um Abends, um Nachts. Da will ich und da muss ich schlafen! Und dann kommst Du daher ...! Schleichend. Massiv. Anhaltend. Du beunruhigst mich und machst mich traurig. ..."

"Ja. Weiß ich. Sorry! ... Die Affen haben einen Fehler gemacht."

"Hä?"

"Ist schon ein bisschen her. Du hast davon gelesen. Die Affen sind von den Bäumen runter. Aufrechter Gang. Entwicklung von Bewußtsein. Zivilisation. Dieser Kram."

"Ja, sicher. Hat Vor- und Nachteile. Stimmt schon ..."

Angst beugt sich wieder vor.

"Und nun pass auf. Ich bin kein Teilzeitjobber! Und ich habe auch keinen befristeten Leiharbeitsvertrag! Wenn ihr selbst dauerhaft Bedingungen schafft, in denen ihr mich nur noch selten und nur noch in abgeschwächter Form braucht: ist das verdammt noch mal euer Problem!"

...

"Da bin ich mir nicht so sicher."

"Ach."

Angst zeigt mildes Interesse.

"Wieso sollte das so sein?"

"Das kann ich Dir erklären. Das Ziel Deiner Arbeit läuft darauf hinaus, Schaden von mir zu halten. Mich zu schützen und zu bewahren. Arterhaltung, Selbsterhaltung, diese Dinge. Richtig?"

Angst knurrt: "Schon wahr. Wie bei meiner Sister Mitleid, Bro Sex und ein paar anderen. Arterhaltung, Selbsterhaltung. Aber worauf willst Du konkret hinaus?"

Nun beugt Ich sich zu Angst vor.

"Ganz einfach. Glaubst Du, das tut mir gut? Glaubst Du, das schadet mir nicht? Denkst Du, das macht mich auf Dauer nicht kaputt, wenn Du mir eine Nacht um die andere den Schlaf raubst? Hm?!"

Angst schaut etwas bedröppelt.

"Hm, ja. Ok. Ist was dran ..."

"Und nun? Was machen wir?"

Angst kratzt sich vorsichtig hinterm Ohr.

"Hey, Mann, Alter! Du hast ja irgendwie recht ... Aber. Das ist nicht mein Job ...! Was soll ich sagen? Ich kann nicht wirklich aus meiner Haut. Und ich kann nicht mal ein paar Stunden abhauen, um die Ecke ein paar Bier trinken gehen. Ich bin Deine Angst."

"Sehe ich ein ... Aber so geht es nicht weiter."

Angst überlegt konzentriert.

"Du hast ja schon ein paar Sachen probiert. Lesen, im Netz surfen, ablenken. Den Tag noch mal wohlwollend überdenken. Was habe ich konstruktives gemacht? Wie habe ich im kleinen die Welt verbessert, welche guten Werke getan? Welche Leistung habe ich erbracht? Welche positiven oder zumindest sinnvollen Sachen plane ich für morgen, für die nächsten Tage? Sachen die ich nicht vergessen darf, schnell noch auf einem Zettel notieren. Von negativen Sachen akzeptieren, dass ich in dieser Nacht da so und so nichts mehr dran machen kann. Entspannt von hundert runterzählen und dann wieder von vorn. Pflanzliche Beruhigungsmittel. Und ein paar andere Tricks und sinnvolle Maßnahmen."

"Puh, ein langer Vortrag ..."

"Ja. Und ich weiß, Du bist im Moment nicht zufrieden. Aber ich bin kein Genie ... Das sind doch aber eine ganze Menge Möglichkeiten. Und es könnte noch weitere geben. Spiele damit. Probiere! Kombiniere sie. Ich glaube da an Dich!"

"Danke. Das ist nett."

Angst zögert.

"Ja?", fragt Ich.

"Ich spreche es ungern an. Aber. Na, ja. Es gehört halt dazu. Was ich meine: die alte Angst des Menschen vor dem Tod. ... Ich weiß da auch nicht wirklich mehr als Du. Ich weiß nur, dass es mehr und etwas anderes gibt, als den Menschen und das Universum. Etwas völlig anderes. Wenn man streng logisch wirklich bis zu ende denkt und sich die angeblich unabänderlichen elementaren Naturgesetze genau anschaut: ist das gar nicht anders möglich. Du bist nicht der Typ für religiösen Fanatismus, mit dem man sich betäuben könnte. Saufen oder andere Drogen: ist auch nix. ...

Wenn ich jetzt mal alle großen Philosophen und Religionsstifter so vergleiche ... die haben viel gutes und hilfreiches gesagt! Aber am Ende ... lande ich da wohl doch eher bei Snoopy."

"Häh?"

"Ja. Kennst Du doch. Snoopy und Charlie Brown. Charlie sagt: `Snoopy. Eines Tages werden wir alle sterben!` Und Snoopy antwortet: `Ja schon. Aber an allen anderen Tagen -nicht!`"

Nach einem kurzen Moment grinsen beide.

"Ok, Angst. Danke. Dann mal bis zum nächsten mal. Wir sehen uns ..."

"Aber möglichst nicht zu heftig und nicht zu oft. Verstehe schon! Alles Gute Dir, ernsthaft!"

* * * * * * *

Nathan hatte diese Sitzung in der Tat geholfen.

Nur wenige Monate später war er in besserer Verfassung als lange Zeit zuvor.

Es war jedoch noch etwas anderes geschehen. Das Erlebnis hatte sein schon vordem bestehendes Interesse an der Psychologie erneuert und befeuert. Er überlegte gar, sich beruflich in diese Richtung umzuorientieren. Doch das wollte gut überlegt und vorbereitet sein.

Er wandte sich an die VVHS.

* * * * * * *

Diesmal hatte er es vorgezogen, sich mit einem Bediensteten der Virtuellen Volkshochschule von zuhause aus online auf einer neutralen virtuellen Plattform zu treffen.

"Ich grüße Sie, Herr Randt" begann die Entität die sich als Otto Bryn vorstellte, das Gespräch.

"Sie interessieren sich für unsere beruflichen Vorkurse in Richtung psychologisch tätiger Menschen, nicht wahr?"

"Absolut," antwortete Nathan und fuhr sogleich fort: "ich habe mich auch schon ein wenig eingelesen und mir auch einige Ihrer Angebote angeschaut. Ich würde gern zuerst einiges über die Geschichte und die Ansätze der Psychologie in der zweiten Hälfte des vorigen Jahrhunderts erfahren. Und dazu möchte ich mehrere Settings aus der H-Serie buchen."

Der Avtatar Otto Bryn nickte bedächtig und stimmte zu: "Ja, Grundlagen sind durchaus wichtig ...". Doch dann hob die virtuelle Gestalt die Augenbrauen.

"Hm. Aus der H-Serie? Sind Sie sicher? Ich weiß nicht, ob ich Ihnen das wirklich empfehlen soll ...".

"Warum? Was spricht denn dagegen?", hakte Nathan sofort nach.

"Na, ja. Sie haben ja die Beschreibungen gelesen. Das ist alles ein wenig ... nun, unernst ... Ein wenig parodistisch, satirisch. Die Humor-Serie halt."

"Aber der Informationsgehalt ist gleich, wie ich erfahren habe," erwiderte Nathan, "es wird mir nicht schaden. Ich habe in den letzten Monaten ein positiveres Lebensgefühl aufgebaut - das passt genau zu mir!" Er ließ seinen Avatar ein wenig schmunzeln.

"Nun denn - so sei es!" stimmte der Vertreter der VVHS ihm dann auch ohne weiteres Zögern zu.

* * * * * * *

PSYCHOANALYSE

Nach Abschluß der technischen Vorbereitungen und einer kurzen
Entspannungsübung fand sich Nathan Randt einige Tage später
übergangslos als ein Patient kurz vor der ersten Therapiestunde wieder.
Und sein Name war Ignatz Looser.
Der Termin bei Dr. Anatol Lyse würde bald beginnen.
Er klopfte an.
Der Doktor öffnete die Tür und bemerkte leicht nachdenklich und zerstreut:
"Guten Tag, dringen Sie ein, - äh, will sagen: treten sie ein, Herr Looser!"
Das Behandlungszimmer des Analytikers sah aus wie erwartet, ein Sessel,
ein kleiner Tisch, eine Couch, Urkunden an der Wand, das übliche
Ambiente, ...
Leicht irritiert trat Nathan / Ignatz ein und antwortete: "Äh - ja. Danke."
Doktor Lyse beugte sich ihm nun leicht zu und schaute ein wenig
nachdenklich - investigativ.
Ruhig, aber mit forschendem Unterton sprach er dann: "Hmmm, ... was
verbinden Sie da damit, wenn Sie jemandem danken - was fällt Ihnen dazu ein -
hätten Sie da Einfälle dazu?
Vielleicht gar aus früheren Zeiten, von vor ganz langer Zeit ...?"
Doch dann stutzte und besann er sich. "Aber nein: Nun legen Sie sich doch
erst mal!"
Irritiert stotterte Ignatz: "Äh, ... wie bitte?"
Lyse kicherte ein wenig: "He, he - wohl Ihre erste Analyse, hm! Tja, ja ... - Na
gut, lassen Sie mich erklären: Wenn ich mich dort in den Sessel setze, so
dass Sie mich nicht sehen können, dann stört Sie auch mein Anblick nicht.
Das Liegen auf der Couch verbessert zudem Ihre Möglichkeit, sich zu
entspannen und mir ganz frei und gelöst mitzuteilen, was Ihnen an Gedanken
durch den Kopf geht! Ich kommentiere das dann von Zeit zu Zeit und biete
Ihnen Erklärungen dazu an ..."
Ignatz reagierte erstaunt und leicht überrascht, aber interessiert: "Ach was!"
Während der folgenden Erläuterungen des Doktors setzen sich beide dann
doch erst mal, statt die berühmte Couch anzusteuern.
Doktor Lyse beteuerte nun: "Ja, genau - und das hilft Ihnen, glauben Sie mir -
wir stoßen da mit der Zeit in immer tiefere Schichten vor, zu Erlebnissen, die
schon sehr lange her sind und die Sie oft scheinbar schon total vergessen zu
haben scheinen.
Die sind dann bei Ihnen nur noch im Unbewußten vorhanden, Ihr eigentliches
Ich weiß das gar nicht mehr.
Allerdings kann manchesmal auch Ihr Über - Ich noch mit solchen Sachen
dazwischen funken, wenn`s spezielle Ereignisse sind - Sie verstehen" er
zwinkerte vertraulich "aber das führt jetzt zu weit! Na, jedenfalls: wenn wir da
ordentlich was gefunden haben - dann müssen Sie da halt noch mal durch -
so rein gefühlsmäßig, verstehen Sie?!"

Nathan / Ignatz reagierte ein wenig ungläubig: "Und das hilft?"
Entschieden klang es zurück: "Aber Hallo! - Na ja, ein paar Jahre kann es schon dauern und so drei bis fünf Mal die Woche müssen wir uns da schon auch treffen. Aber dann! Dann klappt das auch, mit den Neuröschen! He, he."
Lyse kicherte.
"Herr Doktor?"
"Ja?"
"Und was ist denn da jetzt mit meinem akuten Problem?"
Doktor Anatol Lyse verzog nun das Gesicht, als habe er in eine rohe Zitrone gebissen: "Uhhh! Ahhh!"
Ignatz brachte nur ein etwas überraschtes und irritiertes: "Äähhh ..." hervor.
Doktor Lyse fuhr nun etwas indigniert fort: "Da ist es wieder! Diese Wort! Ah! Nein!"
" ... Wort?"
Lyse faßte sich wieder: "Na, egal - können Sie ja nicht wissen ...! Akut! Gehn` se mir doch fort! Ursachen, sag` ich Ihnen: Ursachen! Das bringt`s. Und sonst gar nix. OK?!"
Ignatz Looser straffte sich gehorsam und sprach nun laut und deutlich:
"Jawoll! Sind Sie mir nicht böse bitte, ja?"
Der Analytiker schaute nachdenklich zu Boden und murmelte vor sich hin: "So, so. Passiv, unterwürfig, fast schon eine Art Zärtlichkeitsbedürfnis, der Gute. Hm, hm. Da wird wohl in der oralen Phase einiges schief gelaufen sein... Narzistische, anale und phallische Phase, sowie Latenzperiode und genitale Phase blieben noch zu untersuchen. Hm, hmmm."
Ignatz meldete sich jetzt vorsichtig mit einem: "Herr Doktor?"
Dieser schaute überrascht auf, schien sich zunächst zu wundern, daß noch jemand im Raum war, besann sich dann aber: "WAS?! Ähm. Ah, ja. Herr Schmuser!"
"Looser!"
"Wie bitte? Was? Wer?"
Ignatz korrigierte: "Looser! Ich bin Looser. Ignatz Looser. Looser, tja - das erinnert mich übrigens daran ... "
Anatol Lyse unterbrach ihn sogleich begeistert: "Ja? Ach! Es erinnert Sie! Gut! Weiter, nur, weiter, schießen Sie los!"
"Ja, also. Das ist so: Meine Frau hat mich verlassen! Und damit komme ich so gar nicht klar! Ich weiß gar nicht mehr, was ich machen soll ..."
"Hm, ja. Das ist wohl schlimm für Sie. Weil es Sie an andere Male erinnert, als Sie verlassen wurden. Wann mag es das erste Mal gewesen sein, als Sie sich verlassen fühlten?"
Leicht überrascht antwortete Ignatz: "Äh, ja ... Das fällt mir so spontan jetzt nicht direkt ein ...!"
"Ah, joh! Klar. Das macht ja nix. Da haben wir ja nun ein paar Jahre Zeit, das heraus zu finden!"
Doch Ignatz kehrte nun hartnäckig zu seinem vorherigen Thema zurück: "Ich habe mir da vorher jetzt schon selber versucht einiges zu überlegen, was mir

helfen könnte ... Manchmal denke ich - wenn ich eine neue Frau finden könnte, oder", er stockte leicht, "... wenigstens eine nette Freundin, oder so ähnlich, Sie verstehen ... Aber manchmal denke ich auch, das hat alles keinen Zweck. Und dann bin ich schon auch verzweifelt und möchte fast alles kaputt schlagen. Aber da bin ich eigentlich so gar nicht der Typ dafür und so denke ich, es wäre so schön, wenn ich mal endgültig meine Ruhe hätte", er senkte deprimiert den Kopf, "wenn ich am besten gar nicht mehr da wäre ...".
Doktor Lyse antwortete nun in durchaus ernstem Ton: "Nun - sehen Sie, Herr Looser. Das ist ganz normal. Sie haben da, wie wir alle, mehrere Bedürfnisse, mehrere Triebe in sich. Einen Todestrieb, den wir Analytiker Thanatos nennen. Und einen Trieb des Lebens, den Lebenstrieb, den wir Erostrieb nennen. - Und eben den wollen wir gemeinsam erhalten und fördern!"
Er stand auf, blickte Ignatz ernst aber freundlich an und reichte ihm die Hand, der diese auch drückte.
"Alles Gute vorerst - und den nächsten Termin erhalten Sie gern draußen, bei meiner Sekretärin. Auf Wiedersehen."

****

:::::::::::::::::::::::::::::::::

Nathans Interesse blieb erhalten und steigerte sich eher noch. Dem Konzept der VVHS folgend wählte er als nächstes Studienobjekt einen Ansatz der zeitlich später lag und eine Art Kontrapunkt zum vorherigen darstellte.
Den Vorschlag auch hier nachträglich einen Bericht darüber zu schreiben, gab es auch dieses mal wieder. Jedoch sollte die Erzählperspektive eine andere sein, nämlich die eines Beobachters. Auch dem leistete er gern Folge.

* * *

SYSTEMISCH-LÖSUNGSORIENTIERTE THERAPIE - erste Sitzung

Der Patient Peter Otential trifft hier erstmals auf den Therapeuten Dr. Siegbert Olaf Lution.

Peter Otential klopft an der Tür, öffnet vorsichtig ein Stück, schaut herein.

Das Behandlungszimmer von Doktor Lution ist mit Sesseln, einem Tisch und Zertifikaten an der Wand ausgestattet, es vermittelt insgesamt eine durchaus nicht ungemütliche, aber anhand des moderneren Ambientes auch sachliche Atmosphäre.

Peter Otential (höflich): "Kann ich schon eintreten?"

Doktor Lution schaut kurz auf die Uhr, dann auf Peter Otential und die Tür und sagt entschieden:
"Nach meiner Wahrnehmung ist es der richtige Zeitpunkt, Sie haben die entsprechenden Möglichkeiten ... Also: ich sage: Ja! Ich denke, Sie werden diese Aufgabe in sehr naher Zukunft bewältigt haben!"

Peter zögert kurz, schaut Dr. Siegbert Olaf Lution einen kurzen Moment etwas entgeistert an, wendet auch den Kopf ein wenig hin und her (weil er überlegt, ob er denn nun wohl eintreten darf, oder eben nicht) entschließt sich dann, ein, zwei Schritte ins Zimmer zu tun und spricht:
"Äh - ja. Danke."

Siegbert Olaf Lution bleibt sitzen, schaut Peter Otential aber freundlich und aufmerksam an. Nach einer kleinen Pause erwidert er:
"Sehen Sie! Also weiter: Sie definieren sich selbst als Herrn Peter Otential. Ist diese Einschätzung von mir richtig?"

Peter Otential hat etwas den Faden verloren: "Äh, ... ja, ja ... "
Dann reißt er sich etwas zusammen und deutet vage auf den leeren Stuhl vor sich: "Darf ich mich setzen?"

"Sie haben hiermit meine Zustimmung dazu erfolgreich eingeholt. Nur zu."

Er setzt sich. Bevor er aber lange genug nachdenken kann, was er als nächstes sagen will, ergreift wieder Doktor Lution das Wort.
"Nun, Herr Otential: Welches von Ihnen als solches definierte Problem werden wir denn in absehbarer Zeit miteinander umdefiniert oder gelöst haben?"
Peter Otential starrt ihn an. Für eine ganze Zeit. Dann spricht er, relativ entschieden. "Äh - WIE BITTE?!"

Lution stutzt, merkt, dass er sich etwas "vergalloppiert" und den Patienten überfordert hat, macht eine beschwichtigende Geste mit beiden Händen - und fällt dann für eine Sekunde verbal aus seiner professionellen Rolle. Er beugt den Oberkörper leicht in Peters Richtung und sagt: "Was hammse` denn?!"
"Ach so!" entfährt es Peter Otential nun und er fährt sogleich fort: "Also. Meine Frau hat mich verlassen - und ich weiß nicht mehr, was ich machen soll! Sowas macht mich immer total fertig, da konnte ich in der Vergangenheit, schon als Kind, nie richtig mit umgehen, wenn mich jemand verlassen hat. Fix und fertig macht mich das, nicht zum Aushalten. Wenn ich bloß die Ursachen für all` das wüßte, ich glaube fast, meine Mutter ist schuld, und außerdem ..."

Doktor Lution unterbricht ihn nun aber und sieht dabei aus, als habe er in eine Zitrone gebissen: "Uhhh! Ahhh!"

"Äähhh ..."

Dr. Siegbert Olaf Lution erläutert etwas indigniert: "Da ist es wieder! Diese Wort! Ah! Nein!"

Peter Otential verwundert sich: " ... Wort?"

Lution fasst sich wieder etwas:
"Na, egal - können Sie ja nicht wissen ...! Ursachen! Ursachen! Gehn` se mir doch fort!! Und dann dazu noch die Wühlerei in der Vergangenheit! Ja - können Sie die denn jetzt noch ändern, die Vergangenheit? Hm? Na also!! Lösungen, sag` ich Ihnen: Lösungen! Das bringt`s. Und sonst gar nix. OK?!"

Peter zweifelt zunächst: "Und das geht so einfach?"

Begeistert erwidert der Doktor: "Na klar! So leicht geht das!"
Dann aber hält er inne, wiegt einschränkend den Kopf etwas hin und her und fährt fort:
"Nun ja. Vielleicht sollte ich Ihnen noch ein paar Hintergründe dazu sagen ... Also: Das liegt alles am System!"

Peter Otential meldet sich nun vorsichtig mit einem: "Herr Doktor?"
"Ja?"
"Sie sind da jetzt aber nicht irgendwie ... also, ich mein` jetzt politisch, oder so? Weil, nämlich ... mit Kommunisten möcht` ich eigentlich nicht so wirklich etwas zu tun haben, wissen Sie!"

Doktor Siegbert Olaf Lution rauft sich ein wenig die Haare und schüttelt den Kopf:
"Nein, nein, keine Angst! Das hat da nix damit zu tun! Hmm. Also. Wir Systemiker wir sprechen da von biochemischen Systemen, von Körpern

wenn Sie so wollen, dann von psychischen Systemen, von dem jeweiligen Seelenleben, mal alltagssprachlich ausgedrückt und schließlich von sozialen Systemen, also von Ihnen und Ihren Mitmenschen, mit denen Sie real so zu tun haben ..."

Peter Otential ist erstaunt und leicht überrascht, aber interessiert. "Ach was!"

Dr. Siegbert Olaf Lution erläutert nun sogleich engagiert weiter: "Doch, doch. Das ist schon wichtig, glauben Sie mir.
Und dann muß man noch überlegen: was ist überhaupt ein Problem? Und: Gibt es überhaupt eines?"

Peter ist etwas irritiert: "Ja also - meine Frau! Die ist aber WIRKLICH weg ...!"

Doktor Lution möchte sich jetzt aber nicht mehr aus dem Konzept bringen lassen: "Ja, nee - ist klar. Aber jetzt lassen Sie mich erst mal!
Also: ein Problem ist ja nur ein Problem, wenn es jemand als Problem wahrnimmt und es auch zum Problem erklärt. Und wenn man nachher nur noch gemeinsam auf das Problem starrt - dann geht es einem wie vielen Pferden ...!"
Siegbert Olaf Lution hebt die Handflächen links und recht an die Augen, wackelt ein wenig damit. "Scheuklappen, Sie verstehen?"

"Hmm."

"Aber weiter. Was haben wir noch? Wir schauen also, ob Sie nicht Ihren Blickwinkel verändern können, Ihre Perspektive. Und wir überlegen, was positiv daran sein kann, dass Ihre Frau weg ist, dies mal so als Beispiel. Außerdem beschäftigen wir uns damit, was Sie schon erfolgreich unternommen haben, um mit der Situation umzugehen und welche Möglichkeiten in dieser Hinsicht noch in Ihnen stecken! Dabei müssen wir zwar verschiedene Schwellen und Übergänge bewältigen - aber diese Einzelheiten führen jetzt zu weit. Allzu viele Sitzungen brauchen wir normalerweise auch trotzdem nicht dafür."

 Peter ist nun einigermaßen zuversichtlich.
"Ja, ... das klingt eigentlich nicht so schlecht. Gut, dann werde ich gern zum nächsten Termin kommen."

Dr. Siegbert Olaf Lution zieht ein Büchlein und einen Stift hervor:
"Gut. Dann überlegen Sie bis dahin doch schon mal einiges zu den angesprochenen Punkten, schreiben Sie es auf und berichten mir beim nächsten Mal, was Sie da gefunden haben." Er blättert in seinem Büchlein.
"Herr Otential: wenn Sie später zu Hause sein werden, was denken Sie werden Sie mir bis dahin für ein Datum für unser nächstes Treffen vorgeschlagen haben?"

Geistesgegenwärtig antwortet dieser:
"Nächsten Dienstag um Fünf?"

Dr. Siegbert Olaf Lution blättert wieder im Büchlein, schüttelt dabei den Kopf:
"Herr Otential: was denken Sie, werde ich später darauf erwidert haben und
mit welcher Begründung?"

Peter Otential grinst, sein Geistesblitz hält noch weiter an:
"Sie werden abgelehnt haben und zwar, weil Sie da schon einen anderen
Termin haben. Korrekt? Wie wär`s dann halt um Sechs?"

Dr. Siegbert Olaf Lution grinst nun ebenfalls:
"OK - alles klar!"

Beide schütteln sich zum Abschied die Hand.

****

MOMENTAUFNAHMEN

Auch nach dieser Exkursion blieb Nathan Randts Faszination und positive Gestimmtheit bestehen.

Zur Abwechselung belegte er für seine nächste Sitzung dann aber doch einmal eine ganz andere Umgebung, die auch ohne vorgegebene Handlung gestaltet war.

Sein Avatar flog durch die Weiten der virtuellen Raumes und genoß diesen Zustand. Dies geschah unter zuhilfenahme einer großen Seifenblase in der er Platz nehmen und die er mit Leichtigkeit steuern konnte.

Schließlich traf er auf eine große, halbtransparente Kugel, die langsam rotierte. Dies nannte man hierzulande eine "Wortwolke".

Zahlreiche Begriffe, besser gesagt Bezeichnungen verschiedenster Professionen befanden sich in ihr in gemächlicher Bewegung.

Über allem aber schwebte in großen, irisierenden Lettern eine einzige Frage: "Wo geht's denn hier zum Bahnhof?"

Nathan musste schmunzeln, obwohl er ja um die Formulierung der Frage gewusst hatte.

Auch hier gab es jetzt Gelegenheit zu lernen.

Die Worte in der Wolke waren anklickbar, er brauchte nur auf sie zu zeigen und sich die Antworten zu wünschen.

Er nutzte alle diese Möglichkeiten.

Es antwortete ihm ein:

+ Pädagoge: "Ich weiß natürlich, wo der Bahnhof ist. Aber ich denke, dass es besser für dich ist, wenn du es selbst herausfindest."

+ Sozialpädagoge: "Ich weiß es auch nicht, aber ich finde es total gut, dass wir beide so offen darüber reden können."

+ Sozialarbeiter: "Keine Ahnung, aber ich fahre Sie schnell hin."

+ Bioenergetiker: "Ihr Körper kennt die Antwort schon. Machen Sie mal: sch ... sch ... sch ...!"

+ Gesprächspsychotherapeut: "Sie wissen nicht, wo der Bahnhof ist und das macht Sie nicht nur traurig, sondern auch ein Stück weit wütend."

+ Psychoanalytiker: "Sie meinen diese dunkle Höhle, wo immer was Langes rein und raus fährt?"

+ Tiefenpsychologe: "Sie wollen aus einem bestimmten Grund verreisen?"

+ Verhaltenstherapeut: "Heben Sie zuerst den rechten Fuß und schieben Sie ihn vor. Setzen Sie ihn auf. Sehr gut. Super!"

+ Gestalttherapeut: "Du, lass es voll zu, dass du zum Bahnhof willst."

+ Familientherapeut: "Was glauben Sie, denkt Ihre Schwester, was Ihre Eltern fühlen, wenn die hören, dass Sie zum Bahnhof wollen?"

+ Psychodramatherapeut: "Zum Bahnhof. Gut. Das spielen wir mal durch. Geben Sie mir Ihre Jacke, ich gebe Ihnen meinen Hut, und dann..."

+ Hypnotherapeut: "Schließen Sie die Augen. Entspannen Sie sich. Fragen Sie ihr Unterbewusstsein, ob es Ihnen bei der Suche behilflich sein will."

+ NLP'ler: "Stell dir vor, du bist schon im Bahnhof - welche Schritte hast du zuvor getan?"

+ Reinkarnationstherapeut: "Geh zurück in der Zeit - bis vor deine Geburt. Welches Karma lässt dich immer wieder auf die Hilfe anderer Leute angewiesen sein?"

+ Provokativtherapeut: "Ich wette, da werden Sie nie drauf kommen!"

+ Lösungsorientierter Therapeut: "Gab es schon mal die Ausnahme, dass Sie den Bahnhof gefunden hatten? Was haben Sie da anders gemacht?"

+ Neurologe: "Sie haben also die Orientierung verloren. Passiert Ihnen das öfter?"

+ Soziologe: "Bahnhof? Zugfahren? Interessant! Welche Klasse?"

+ Mediator: "Welche Lösungswege haben Sie sich schon überlegt? Schreiben Sie bitte alles hier auf diese Kärtchen."

+ Esoteriker: "Wenn du da hin sollst: wirst du den Weg auch finden!"

+ Kreativitätstherapeut: "Hüpfen Sie so lange auf einem Bein, bis ihr Kopf eine Idee freigibt."

+ Rational Emotiver Therapeut: "Nennen Sie mir einen vernünftigen Grund, warum sie zum Bahnhof wollen."

+ Coach: "Wenn ich Ihnen die Lösung vorkaue, wird das Ihr Problem nicht dauerhaft beseitigen."

+ Priester: "Heiliger Antonius, gerechter Mann, hilf, dass er ihn finden kann. Amen!"

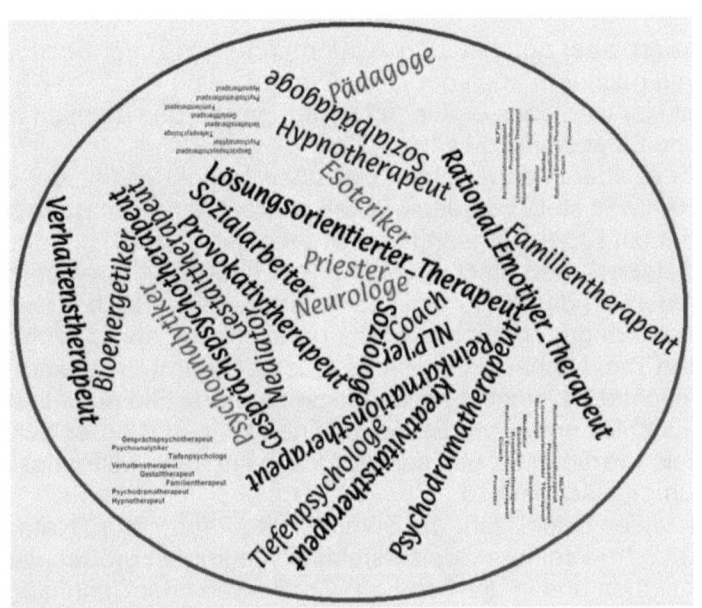

****

Amüsiert, aber durchaus auch informierter als zuvor beendete Nathan das Setting nachdem auch der letzte Eintrag seine Farbe gewechselt hatte und es damit klar war, dass er alle Antworten gehört und gelesen hatte.

Das heißt: er wollte dies tun.

Bevor er aber in den leichten mentalen Taumel verfiel, der dem Wechsel in die Realwelt stets vorausging, gab es noch eine Unterbrechung. Oder besser gesagt ein Ergänzungsangebot seitens der VVHS.

Vor seinen Augen erschien ein großer, undefinierbarer, verschwommener Gegenstand, der aber in keiner Weise negativ oder bedrohlich wirkte.

Und eine angenehm modulierte Frauenstimme sprach zugleich zu ihm.

"Guten Tag, Nathan. Hier ist das Master Control Programm der VVHS. Wenn Du möchtest, kannst Du mich Macie nennen." Sie machte eine kurze Pause.

"Erlaubst Du uns bevor Du gehst einen kleinen Werbeblock, ein wenig Schleichwerbung für uns selbst?" frage sie dann hoffnungsvoll.

Er stimmte lächelnd zu.

"Gut, vielen Dank!" fuhr die Stimme erfreut fort. "Nun, Nathan, Du warst so weise ... " (in seinem Gesichtsfeld blinkte kurz in großen, lindgrünen Buchstaben und in der Schriftart Comic Sans der Schriftzug "SCNR!", begleitet von einem Smiley auf) "... so weise, unsere Vorkurse im Bereich Psychologie / Psychotherapie zu belegen und hast auch schon einige abgeschlossen. Und da dachten wir uns: vielleicht hast Du später einmal auch Lust aus dem Gebiet Philosophie mehr zu erfahren und zu erleben." Nathan Randt nickte unwillkürlich zustimmend.

Das MCP, Macie, nahm dies zur Kenntnis und erläuterte nun: "Auf den beiden Würfeln vor Dir siehst Du jeweils ein modernes -und der von Dir gewählten H-Serie entsprechendes- philosophierendes Zitat. Auf Klick werde ich es Dir jeweils auch gern vorlesen."

Der undefinierbare, verschwommene Gegenstand hatte in der Tat mitlerweile die Form zweier Würfel angenommen.

Nacheinander klickte Nathan diese und anschließend purzelten sie davon wie bei einem Würfelspiel.

Er las und hörte:

REKLAME - PHILOSOPHIE - VVHS

"Der Avatartraum des taoistischen VR-Philosophen ChuangChe stellt die Grenzen zwischen der virtuellen Wirklichkeit und der Welt des Realen in Frage: "Heute habe ich geträumt, ich sei ein First Live - Bewohner im realen Leben. Woher weiß ich jetzt, ob ich ein Avatar bin, der glaubt, geträumt zu haben, ein First Live - Bewohner zu sein, oder ob ich nicht vielleicht doch ein First Live - Bewohner bin, der jetzt träumt, ein Avatar zu sein?"

****

"Der VR-Resident und theoretische Scriptforscher Albert1 Stone formulierte die Problematik einmal folgendermaßen: "Ja natürlich, wir alle wissen, dass virtuelle Welten wie Second Life und andere MUVEs schon seit Urzeiten existieren - und seit wir das so genannte First Live entdeckt haben, freuen wir uns dessen Bewohner gelegentlich ein wenig zur Entspannung steuern (also letztlich manipulieren) zu können! Woher aber wollen wir wissen, ob diese First-Live-Residents in der Zeit, die sie als "ausgeloggt" bezeichnen, nicht ein ganz eigenständiges Leben führen? Und ob sie nicht vielleicht denken, es verhalte sich gerade umgekehrt - und SIE würden UNS steuern?"

****

Nathan musste nun wieder schmunzeln, war insgeheim aber auch ein wenig nachdenklich.
In dieser Stimmung kehrte er aber nun erst einmal in seine andere Welt zurück.

Es verging jedoch nicht allzu viel Zeit bis seine Wißbegier ihn dazu trieb seine Studien weiterführen zu wollen.

Das Thema seiner nächsten Fortbildungseinheit bestand dann in der Einheit "Fortbildungen".

Wie wurden sie früher durchgeführt, wie spielten sich diese Schnittstellen von Theorie und Praxis helfender Berufe konkret ab? In der Tat wichtige Fragen. Wieder wurde aber seine Perspektive verändert. "Didaktische Vielfalt" nannte man das, wie er erfahren hatte.

Er würde im Fortbildungsraum sein wie ein ganz normaler Teilnehmer, jedoch für alle anderen unsichtbar, so dass er sich ohne ablenkende eigene Interaktionen ganz auf die Beobachtung konzentrieren konnte.

FORTBILDUNG

Eine weitere Veränderung betraf einige Vorinformationen, die er zunächst lesen und hören musste, bevor er starten konnte.

Er erfuhr folgendes:

"Kämmerer Rüdiger Reiser hatte diesmal etwas ganz besonderes für die Mitglieder seiner Verwaltung gefunden, die Quadratur des Kolumbus-Eies, sozusagen. Denn wie hatte die neue, innovative Fortbildungsfirma es noch in ihrem Prospekt versprochen:

"Zu einem Drittel des Preises ein sechsfaches der üblichen Fortbildungsleistung - auch für IHRE Mitarbeiter:innen!"

Was sollte denn da noch groß schief gehen, bitte sehr!

So fanden sich denn an einem schönen Montagmorgen 12 fortbildungswillige und - bereite Mitarbeiterinnen und Mitarbeiter dieser Verwaltung im Schulungsraume ein, durchdrungen von der selbstverständlich auch und gerade am Montag enormen Energie, Motivation und Schaffenskraft - doch die hatten sie auch bitter nötig!"

.

Nachdem Nathan dies verinnerlicht hatte, gab er das Startsignal.

.

Der Trainer, Herr Frank McKinsky, startete dann auch sofort voll durch ...

"Damen und Herren willkommen, die Pause beträgt ab 12 Uhr 25 Minuten, Kurzpausen 5 Minuten, Zeitpunkt individuell frei wählbar, jedoch maximal eine pro Stunde. Meinen Namen kennen Sie aus den Unterlagen vorab, Ihre gegenseitigen Namen desgleichen.

Einige bekamen schon Aufträge für Vorbereitungsarbeiten vorab, ich sammele diese jetzt ein."

McKinsky schlenderte durch die Reihen und nahm diverse Schriftstücke entgegen, während er weiter redete: "Wir arbeiten nach einer neuen Methoden, die Ihnen unglaublich viel nützen wird - und uns, bzw. den Einnahmen meiner Firma ebenso. Haha. Ein bisschen Humor muss auch in

der Fortbildung sein, vielen Dank!"
"Wir nennen diese Methode ``Multitasking Energy Exploring Positioning -
Managing Enormeous Experience Manpower!`` oder auch kurz: MEEP -
MEEP! ... Sie hatten Stichpunkte zu völlig beliebigen Fortbildungsthemen
einzureichen, das Controlling Ihrer Vorgesetzten hat hier funktioniert zum
Stichtag vorgestern ist alles eingetroffen und wir haben da nun so einiges für
Sie vorbereitet!"
McKinsky zog beide Augenbrauen hoch und lächelte - ein wenig diabolisch
gar, wie es fast scheinen mochte ...
"ACHTUNG! Es folgen Ihre Instruktionen, anhand der Stichwortliste!",
erscholl dann seine Stimme.

"Wir bilden hier in der Regel Mini - Teams von 2 bis 4 Personen.
Also.
Zuerst Herr Bibber, Thema: `Flucht vor den Verbalrabauken`. Sie gehen da
hinten links in die Ecke, zusammen mit Frau Knall, Thema: `Ich werd`s Euch
zeigen`! Vormittagsprogramm: Frau Knall erläutert Ihnen ausführlich Ihre
Pläne für die nähere Zukunft - sie stellen das dann mimisch und gestisch dar,
anschließend machen sie ein Rollenspiel daraus. Fertig ist dies erst dann,
wenn Frau Knall zufrieden ist. In der Mittagspause macht sich Herr Bibber
Gedanken für seinen Nachmittagsvortrag an Frau Knall, mit dem Titel:
`Warum Gewalt der falsche Weg ist!`. Frau Knall schreibt dann auf was sie
behalten hat - Herr Bibber korrigiert das anschließend. Ende der Übung erst
dann, wenn Herr Bibber mit der Arbeit von Frau Knall zufrieden ist.

Gruppe Nummer zwei: Hier werden zusammengefasst Frau Kaiser, Thema:
`Prinzessin auf der Erbse`, Herr Tänzer mit: `Mein Kollege ist eine Diva` und
Frau Willnich, Thema `Miß Sensibelchen wider Willen`. Das Kommando hat
hier bis zum späteren Widerruf Frau Zackig, Thema: `Verweichlicht in
Uniform`!

Wir haben dort hinten rechts einige Kissen und Erbsen, sowie einen CD-
Player mit Opern- und Marschmusik für Sie bereit gestellt - nähere
Instruktionen erhalten Sie von mir persönlich im Anschluss an meinen
Vortrag. Frau Zackig: lassen Sie unverzüglich abrücken! Danke."
Frau Zackig wagte jedoch nun noch eine Anmerkung: "Frage gehorsamst: Ist
hier mutmaßlich geplant eine so genannte Kissenschlacht mit entsprechender
musikalischer Untermalung strategisch vorzubereiten?"
McKinsky jedoch zog nur eine Augenbraue hoch. Sehr hoch.
Was Kommandantin Zackig zu einem kurzen Zucken mit dem Kopf
veranlasste, wonach sie sich schleunigst umdrehte und ihren Leuten deutlich
vernehmbar zurief: "Ohne Tritt - Marsch!"
Als der Trupp nach kurzem marschieren in der Ecke ankam, sandte ihr
jedoch McKinsky ein nicht einmal unfreundliches: "Aber gar keine so
schlechte Idee, Zackig.", hinterher. Mit mühsam verborgener Freude schallte

ein "Danke gehorsamst!" zurück, doch McKinsky hatte sich schon wieder den Übrigen zugewandt.

"Die weiteren Gruppen setzen sich wie folgt zusammen: einmal Frau Stumm, mit `Das große Schweigen`, Frau Hampel mit `Nonverbale Kommunikation` und Frau Rodriguez mit `Èsta bien`.
Zur Betreuung dieser Gruppe wird sogleich mein Co - Trainer Herr Laberator eintreffen, er ist Quereinsteiger in unserer Firma und war früher Deutschlehrer mit Qualifikationen sowohl für die Sonderschule bis hin zum Gymnasium - fühlte sich jedoch dort allerorten unterfordert.

Schließlich die Gruppe um Frau Mutter, Thema `Pubertierende Psycho - Zicken` zusammen mit Frau Frey `Falsche Schuldzuweisung` und Frau Wech mit `Neue Wege`. Für die letztgenannte Gruppe haben wir vor dem Haus einen besonderen Übungsparcours aufgebaut, den ich Ihnen später persönlich zeigen werde."

Eine letzte Instruktion, bevor es endgültig losgeht: Jeder von Ihnen verfasst innert einer Woche einen minimal zehnseitigen Bericht über seine Lernerfahrungen heute und leitet diesen allen anderen Teilnehmern zu. Denselben Bericht multiplizieren Sie weiterhin in Ihren Teams vor Ort in die Breite, dies spätestens innerhalb 14 Tagen. Vielen Dank."

In diesem Moment öffnete sich - just in time - die Tür - und der Laberator betrat den Raum.
Behängt mit mehreren Tonaufnahmegeräten, Mikrophonen und ähnlichem näherte er sich fast schleichend der Gruppe und öffnete langsam den Mund während hinter ihm die Tür mit lautem Knall ins Schloss fiel!
Hiervon hochgeschreckt erwachte "ich" endlich aus meinen Sekundenschlaf, stellte erleichtert fest, dass ich mich ja nur im Seminar "Gewaltfreie Kommunikation" befand und beschloss dringlich heute abend das Internet um so einige Minuten früher zu verlassen.

.

EINEN MOMENT MAL! Wer erwachte? Ich? Und wieso "erwachte"?
Ich hatte diese Geschichte zuende geschrieben. Das war doch alles. Oder?
Ich war BukTom Bloch, Resident in der VR-Welt Second Life und schrieb dort, unter anderem, immer mal wieder gern eine Geschichte. Insbesondere solche Geschichten, die sich mit der VR und ihrem Zusammenspiel mit der so genannten "Realen Welt" beschäftigten ...
Aber mir war tatsächlich so, als wache ich auf. Mühsam. Müde, desorientiert und nur halb ... was war das bloß?
Ich war fast bewußtlos. Wilde Assoziationen und Erinnerungfetzen liefen durch die elektronischen Bahnen meines Avatares.
Wie von Ferne hörte ich ich eine weibliche Stimme und sah auch die entsprechende Schrift dazu, eine Art Gedicht wohl:

TANDAVA

Nur ein Traum
inmitten eines Traumes.
Und wenn der Traum
nun seinerseits beginnt zu träumen?
Führt endlich dies dann zum Erwachen
Umfassender
als je

(B. Tomm)

.

Meine virtuellen Synapsen spielten verrückt. So schwer es mir fiel, versuchte ich darüber nachzudenken. Wer zum Teufel war dieser "B. Tomm"? Irgend etwas war falsch an diesem Namen, veraltet, nicht mehr aktuell. Ich verlor den Gedanken wieder. "Tandava" - das war der weltenerhaltende Tanz des Hindu-Gottes Shiva, soviel wusste ich ...
Was hatte ich nur wieder angestellt, um in einen solchen Zustand zu geraten? Etwas weises ganz sicher nicht ...
Weise ... Nathan! Ich war Nathan. Nathan Randt. Ganz klar! Und ich hatte meine Frau verloren. Oder zumindest eine Frau. Natascha hieß sie wohl ...
Ja, sie war fort. Ich, I. Looser hatte sie verloren, sie hatte mich, P. Otential, allein gelassen ...
Nathan, Ignatz, Peter, ... das stimmte doch alles nicht!
Irgendwie war etwas falsch, war alles falsch.
Ich musste jetzt aus dieser Kurseinheit der VVHS heraus. Da war sicher etwas schief gegangen.
Hatte ich nicht eben halbbewußt und undeutlich eine Art Dialog vernommen?
"Achtung! Es gibt Störungen! Es treten gravierende Identitätsprobleme auf!"
"Als hätte ich es geahnt! Es sind einfach zu viele Verschachtelungen ineinander ...".
Darauf folgte protestierendes Gemurmel. Mehr wußte ich nicht mehr!

.

Ich straffe mich, setze mich aufrecht vor meinem PC. Es reicht nun langsam mit diesen dauernden Perspektivwechseln. Und am Ende wird es gänzlich wirr.
Ich bin Burkhard Tomm-Bub, geborener Tomm. Mein Avatar in Second Life heißt BukTom Bloch.
Mehr ist es nicht. Das ist alles. Es wird Zeit für das abschließende Wort unter jeder Geschichte ...

Ich höre Musik.
"A Dream Within a Dream" von The Alan Parsons Project.
Eigentlich ein Gedicht des amerikanischen Dichters Edgar Allan Poe.

Ich denke an eine TV-Folge aus Raumschiff Enterprise / Star Trek: The Next Generation.

Sternzeit 46424.1 "Das Schiff in der Flasche".

Der NPC James Moriarty wollte ausbrechen, seine virtuelle Welt auf dem Holodeck verlassen.

Im letzten Moment war es Captain Picard aber gelungen, den eigentlich virtuellen aber zu echtem Bewußtsein gekommenen Charakter Professor James Moriarty auszutricksen, indem er ein „Schiff im Schiff" generierte und Moriarty so glauben ließ, er hätte die Enterprise verlassen. Dieser gibt Picard die Kontrolle über sein Schiff zurück, ohne zu wissen, dass er in Wirklichkeit noch immer auf dem Holodeck ist.

Moriarty lebt von nun an in einem kleinen kastenförmigen Miniaturholodeck ein scheinbar freies Leben. Während dieser Kasten auf Picards Tisch steht, sagt der Captain den inhaltsschwangeren Satz: "Aber, wer weiß, unsere Realität mag ihrer sehr ähnlich sein. Dies alles hier ist vielleicht auch nur eine kunstvolle Simulation, die in einem kleinen Gerät läuft, das auf dem Tisch von irgendjemandem steht". Worauf der anwesende Ingenieur Reginald Endicott Barclay III sichtbar nervös reagiert und dem Computer befiehlt das Programm abzubrechen. Als nichts geschieht, geht er zufrieden aus dem Zimmer. Und Burkhard Tomm-Bub schaltete dann den Fernseher aus.

Ich will das abschließende Wort, das unter jeder Geschichte gehört schreiben.

Ich bin nicht Barclay.

Ich. Ich kann es nicht ...

1. Film-Poetry-Slam! (Mannheim, 28.11.09, 19:30 Uhr)

"Guten Abend!
Guten Abend!

Guten Abend - ich bin Burkhard Tomm-Bub, die Steuereinheit von
BukTom Bloch.
Guten Abend - ich bin BukTom Bloch, die Steuereinheit von
Burkhard Tomm-Bub.
Wie dem auch sei!
Wie dem auch sei!
Burkhard Tomm-Bub liest soeben etwas vor, beim Poetry-Slam in
Mannheim.
BukTom Bloch betreibt im Internet Drei D, im Web Drei D, eine
unkommerzielle Bibliothek. Eine nicht kommerzielle Bibliothek in
einer realen Internetwelt.
Gesteuert aus der virtuellen (?) Wirklichkeitswelt.
Wie dem auch sei.
Wir schauen auch Filme in jener Welt.
Filme, die dort gedreht wurden.
Und Filme, die aus jener anderen, seltsamen Realwelt stammen.
Merkwürdig. Alles sehr merkwürdig.
Wie dem auch sei.
Die Erste Welt, das First Life.
Die Zweite Welt, das Second Life.
Das Zweite Leben ist kein Spiel.
Das Erste - wahrscheinlich - auch nicht.
Aber es gibt eine Spielfigur.
Und es gibt jemanden, der Regie führt. Es ist ein Film.
Ein interaktiver Film, zugegeben. Aber ein Film.
Im Zweiten Leben werden auch Theaterstücke aufgeführt.
Manchmal werden diese auch gefilmt. Und die Filme dann später
vorgeführt.
Mich erinnert das alles an Fraktale.
An Fraktale, an selbstähnliche Muster, Muster aus sich selbst
zusammen gesetzt, nach oben und unten prinzipiell unendlich.
Vielleicht können wir alle das Kleine Einmaleins nicht. Vielleicht
fangen wir alle an der falschen Stelle an zu zählen.
Oder - wie sagte es einmal ChuangChe, der taoistische Second-

Life - Avatar, der in seinem Avatartraum die Grenzen zwischen der virtuellen Wirklichkeit und der Welt des Realen infrage stellte:
"Heute habe ich geträumt, ich sei ein First Live-Bewohner im realen Leben.
Woher weiß ich jetzt, ob ich ein Avatar bin, der glaubt, geträumt zu haben, ein First Live-Bewohner zu sein, oder ob ich nicht vielleicht doch ein First Live-Bewohner bin, der jetzt träumt, ein Avatar zu sein?"

"Das war es im Prinzip, was wir euch sagen wollten.
Eines aber noch.
Ihr kennt sicherlich den Film "Die Truman Show".
Ich persönlich denke, das war kein Spielfilm. Es war eine Dokumentation.
Allerdings eine mit einer wichtigen Realitätverfälschung.
Truman war keineswegs die "einzige reale Person" im Film - er war der einzige Schauspieler. Alle anderen waren echt.
Sie wussten es nur nicht.
In diesem Sinne:
Vielen Dank! Vielen Dank!"

BTB / BTB

Definition

*"Ein **Poetry-Slam** (englisch: Poesiewettstreit oder Poesieschlacht), ... ist ein literarischer Vortragswettbewerb, bei dem selbst geschriebene Texte innerhalb einer bestimmten Zeit einem Publikum vorgetragen werden. Die Zuhörer küren anschließend den Sieger. Ausschlaggebend ist dabei, dass der Textvortrag durch performative Elemente und die bewusste Selbstinszenierung des Vortragenden ergänzt wird. Die Veranstaltungsform entstand 1986 in Chicago und verbreitete sich in den 1990er Jahren weltweit. Die deutschsprachige Szene gilt nach der englischsprachigen als die zweitgrößte der Welt." (wiki)*

Traumtanz

Shiva tanzt den weltenerhaltenden Traum.
Tandava.
Wenn es das Göttliche gibt, gibt es nichts außer ihm.
Unsere Wahrnehmung von Zeit ist subjektiv.
Manche Menschen spüren das Göttliche nicht.
Aber sie können träumen und tanzen.
Andere können auch das nicht mehr.

Aber manchmal blicken sie auf.
Wenn ihr Weg sie zu den Bäumen führt.
Und dann ahnen und spüren sie etwas.

Hier ist die Erklärung dafür.

Traum der Bäume

Und es kam der Augenblick, in dem die Schöpfung die Bäume ins Dasein entließ. Und den Bäumen wurde gewahr, dass sie existierten und sie spürten ihre Kraft, die Kraft des Lebens. Und sie waren groß und kräftig und reckten ihre Äste in verschiedene Richtungen des Himmels.

Doch schon bald begannen sie zu träumen, eine tiefe Sehnsucht erfasste sie. Ihr Traum war es zu tanzen, zu tanzen so wie die Menschen, die später kommen würden, es können.

Und die Schöpfung wurde dessen gewahr und sprach zu ihnen. "Ihr seid groß und seid stark. Dies mag ich Euch nicht nehmen. Ihr seid standhaft und verbunden mit der Mutter Erde. Dies ist so wichtig - auch dessen mag ich Euch nicht berauben."

Und die Schöpfung sann eine Weile nach. "Wenn die Sehnsucht zu tanzen in Euch ist - so müsst ihr dies auch tun.

Doch Euer Gefühl für die Zeit ist ein anderes, als das der Menschen, die später kommen werden. Vielfältig sollt ihr sein. Alle verwurzelt der Mutter, doch einige stärker, einige biegsamer in der Musik des Windes und des Lebens. Verschiedener Art und Farbe und Größe, doch alle von einem Stamm. Euer Kleid soll wechseln im Laufe der so unterschiedlichen Zeiten, die ein Jahr, die ein Leben mit sich bringt. Eure Äste und Zweige sollen wie ein Mosaik, wie ein Labyrinth, wie ein wunderbares Muster hinauf in den Himmel streben.

Und alle Wesen, die die Musik in sich spüren und den Tanz des Lebens wirklich tanzen - sie werden Euren Traum und Eure Sehnsucht darin sehen und erkennen. Dort wird ihr Blick ihn finden - den Tanz der Bäume!"

So sprach die Schöpfung - und sie fügte hinzu:

"Das ist das Geschenk, das ich Euch machen kann: die Fähigkeit all` dies nicht nur zu erträumen und zu ersehnen - sondern auch zu tun! Nun ist es an Euch. Tanzt! Wachst in diesem Tanze! Lebt ...!"

ZITATE zum Thema

„Die Realität ist nur eine Illusion, wenn auch eine sehr hartnäckige."

(Albert Einstein)

"Wenn das Leben eine Illusion ist, dann bin ich es nicht weniger, und somit ist die Illusion für mich Wirklichkeit."

(Robert E. Howard)

„Aber freilich ... diese Zeit, welche das Bild der Sache, die Kopie dem Original, die Vorstellung der Wirklichkeit, den Schein dem Wesen vorzieht ... denn heilig ist ihr nur die Illusion, profan aber die Wahrheit. Ja die Heiligkeit steigt in ihren Augen in demselben Maße, als die Wahrheit ab- und die Illusion zunimmt, so daß der höchste Grad der Illusion für sie auch der höchste Grad der Heiligkeit ist."

(Ludwig Feuerbach)

„Ein Leben lang beharrlich "ich" zu sich zu sagen, erzeugt die Illusion, es ginge um dieselbe Person."

(Stefan Hölscher, 1965)

„Entweder sind Sie sich des chaotischen Zustands der Welt bewußt, oder Sie schlafen nur, leben in einer Phantasiewelt, einer Illusion."

(Jiddu Krishnamurti)

"Manchmal erhält der Geist einen so verheerenden Schlag, dass er sich in den Wahnsinn flüchtet. Das ist nützlicher, als es zunächst scheint. Manchmal besteht die Wirklichkeit nur noch aus Schmerz, und um diesem Schmerz zu entrinnen, muss der Geist die Wirklichkeit hinter sich lassen."

(Patrick Rothfuss, Der Name des Windes)

„Nur die phantasielosen flüchten sich in die Realität."

(Arno Schmidt)

„Ich bin nicht verrückt, meine Realität unterscheidet sich nur von Ihrer."

(Tim Burton, 1958)

„Die Realität existiert im menschlichen Verstand und nirgendwo anders."

(George Orwell)

„Die Realität ist ein Durcheinander, wir können sie nicht messen oder entschlüsseln, weil alles gleichzeitig geschieht."

(Isabel Allende, 1942)

"Der Glaube es gäbe nur eine Wirklichkeit, ist die gefährlichste Selbsttäuschung.
Jeder meint, dass seine Wirklichkeit die wirkliche Wirklichkeit ist.
Ich bin frei, denn ich bin einer Wirklichkeit nicht ausgeliefert. Ich kann sie gestalten."

(Paul Watzlawick)

"Zentral für Verständnis und Kritik des radikalen Konstruktivismus ist dessen Verzicht auf Wahrheit als Letztbegründung seiner selbst. Der Konstruktivismus führt nicht zur Wahrheit, beansprucht selbst keinen Wahrheitsgehalt und legitimiert nichts durch einen Rekurs auf erkannte Wahrheiten."

(Beck, 1994)

"Es besteht in der Tat eine auffallend verbreitete Meinung, daß Häuser, Berge, Flüsse, mit einem Wort, alle sinnlichen Objekte, eine natürliche oder reale Existenz haben, die von ihrem Perzipiertwerden durch den Verstand verschieden ist... Denn was sind die vorhin erwähnten Objekte anderes als die sinnlich von uns wahrgenommenen Dinge, und was percipieren wir anderes als unsere eigenen Ideen oder Sinnesempfindungen - und ist es nicht ein vollkommener Widerspruch, daß irgendeine von diesen oder irgendeine Verbindung von ihnen unwahrgenommen existieren sollte?"

(George Berkeley)

"Daß die Dinge, die ich mit meinen Augen sehe und mit meinen Händen betaste, existieren, wirklich existieren, bezweifele ich nicht im mindesten. Das einzige, dessen Existenz wir in Abrede stellen, ist das, was die Philosophen Materie oder körperliche Substanz nennen."

(George Berkeley)

„Die einzige unmittelbar glaubwürdige Realität ist die Realität des Bewußtseins."

(René Descartes)

LYRIK im QR-Code

Der QR-Code (englisch: Quick Response, „schnelle Antwort", Markenbegriff „QR Code") ist ein zweidimensionaler Code, der von der japanischen Firma Denso Wave um 1994 entwickelt wurde.

Die Verwendung des QR-Codes ist lizenz- und kostenfrei.

Erstellt mit der Seite: http://goqr.me/

Prüfbar / lesbar u. a. über die Seite: http://zxing.org/w/decode.jspx

Zum einlesen über das Handy werden gängige Barcode-Apps empfohlen.

Es handelt sich NICHT um Weiterleitungen zu websites - die vollständigen Texte sind jeweils im vorliegenden QR-Code enthalten!

Programmatisch

keinFragment

Programmatisch

keinfragment

AUTOREN - INFORMATION

Burkhard Tomm-Bub, M. A. (* 1957 in Recklinghausen, NRW) ist Staatlich anerkannter Erzieher, Diplom-Sozialarbeiter (FH) und Magister Artium der Erziehungswissenschaft (NF: Psychologie / Soziologie).
Mehrfachabhängig, lebt aber nun seit Jahrzehnten zufrieden abstinent / clean in der Pfalz.
Berufliche Erfahrungen:
Offene Kinder- und Jugendarbeit, Sozialfachkraft im Sozialamt und mehrere Jahre als Fallmanager in einem Jobcenter, dann "z.b.V." in einer Betreuungsbehörde. Nunmehr vorerst "freigestellt unter Fortzahlung der Bezüge" ... Ehrenamtlich in der Suchtkrankenhilfe und Flüchtlingshilfe tätig.
Er veröffentlicht gelegentlich, aber seit etlichen Jahren, z.B. Glossen, Satiren, (SF-) Storys, Lyrik (u.a. Heyne-Verlag) und zu Sachthemen (Suchtbereich, Hartz IV).
Interessen: Tomm-Bub ist engagierter Aktivist gegen Hartz IV und als solcher auch "kostenlos buchbar". :-)
Ebenso ist er lebenslänglicher (Pudding-) Vegetarier und ernsthafter Pazifist.
Die Sprache, social media, die VR (Virtual Reality) und hier insbesondere die unkommerzielle Verbreitung von Literatur und die Förderung gemeinnütziger Aktionen in Second Life (Avatarname: BukTom Bloch) zählen weiterhin zu seinen Anliegen.
Er sieht sich als Genderwahnsinnigen und Gutmenschen und ist stolz darauf.
Bisweilen bezeichnet er sich aber auch als "schwierigen und sturen alten Mann, mit viel zu vielen Meinungen, der zum Lachen gern in den Keller geht".
Politisch gehört er keiner Sekte, Kirche noch Partei an, ist aber eindeutig links zu verorten. Auch Umwelt- und Klimaschutz liegen ihm am Herzen. Weltanschaulich steht er dem Pantheismus / Panentheismus sehr nahe.
Was er nicht mag: die AfD, Neonazis, Neoliberale, Querfrontler, fanatische Atheisten, aggressive Karnivoren, Coronaleugner und ähnliche Gesell:innen.

BukTom Bloch ist ein Avatar mit lila Hautfarbe und einem ansonsten humanoiden Aussehen.

Er wurde in der virtual reality (VR) Mitte Dezember 2007 in Second Life, SL-Frankfurt, geboren / erstgerezzed.

Mitte 2008 begründete er die "unkommerzielle, deutschsprachige Freie Bibliothek Pegasus" in Second Life, eine der größten und ältesten Welten in der VR. Die Bibliothek wird seitdem stetig weiter ausgebaut. Sie hat mit Stand 2021 einen Bestand von gut 500 deutschsprachigen und mehreren Dutzend englischsprachigen Titeln. Die kostenlose virtuelle Abgabe an Büchern liegt bei oberhalb 20 000 Exemplaren. Diese sind von Avatar:innen, die Bücher vor Ort oder im SL-marketplace kostenlos erwerben, frei veränderbar und wiederum in Kopie weitergebbar.

Zum Buchbestand gehören auch Titel aus den Bereichen Psychologie, Soziologie und Philosophie, sowie Religionen / Esoterik.
Aber auch Belletristik, Klassiker, Science Fiction, Märchen und Sagen, Karl May und andere Genres sind vertreten.
Die Ausgaben liegen zum Teil als notecardbasierte und ansonsten auch zusätzlich als „Umblätterbücher" vor.

Virtuell und in der Welt die wir die reale nennen ist BukTom Bloch in karitativer und sozialer Hinsicht aktiv.

Er unterstützt entsprechende Events und Initiativen und initiiert gelegentlich auch eigene.

Inworld schrieb er für verschiedene SL-Magazine, u. a. die "gim".

Auf seiner SIM befinden sich neben der Bibliothek mit vier Abteilungen auch Galerien, ein Planetarium, der „Platz der Verständigung" und andere kreative virtuelle Installationen und Projekte.

TRIBUTES

„DIAGNOSE F"
AndroSF 138
(Hrsg. M. Tinnefeld / U. Bendick)

„Salzgras & Lavendel"
(Gabriele Behrend)

Weitere Bücher:

Andreas Bügler Harzbrenner   7,49 €

Burkhard Tomm-Bub

ISBN: 9783753460512

Buch

Cyberspace Extended - VR - virtual reality -   11,49 €

Burkhard Tomm-Bub

ISBN: 9783753442921

Buch

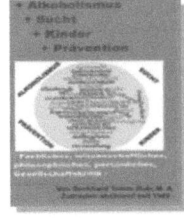

Alkoholismus - Sucht - Kinder - Prävention   11,99 €

Burkhard Tomm-Bub

ISBN: 9783753440415

Buch

Scherz, Satire, Ironie und zynische Bedeutung   4,99 €

Burkhard Tomm-Bub

ISBN: 9783748196761

Buch

Pan(en)theistischer Notizblog NUR ICH NUR DU

3,99 €

Burkhard Tomm-Bub

ISBN: 9783734766411

Buch

D_ebakel B_odenlos

4,99 €

Burkhard Tomm-Bub

ISBN: 9783732286362

Buch

HANDBUCH WIDERSTAND gegen HARTZ IV

5,49 €

Burkhard Tomm-Bub

ISBN: 9783748157892

Buch

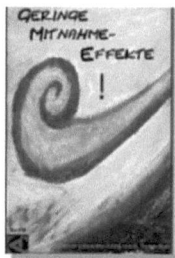

Geringe Mitnahme-Effekte!

3,99 €

Burkhard Tomm-Bub

ISBN: 9783738644500

Buch

23 Elemente

3,99 €

Burkhard Tomm-Bub

ISBN: 9783743117679

Buch

Vong die Niceigkeit der Sprache her !

3,99 €

Burkhard Tomm-Bub

ISBN: 9783743142503

Buch

Alles ...

9,99 €

Burkhard Tomm-Bub

ISBN: 9783739230009

Buch

Ich kenne diesen Schmerz ...

3,49 €

Burkhard Tomm-Bub

ISBN: 9783734778643

Buch

Hartz IV - die ethische Katastrophe - Fakten
vom EX-jc-Fallmanager

8,99 €

Burkhard Tomm-Bub

ISBN: 9783748120575

Buch

Hartz IV: das Urteil -Der Kampf geht weiter!

4,49 €

Burkhard Tomm-Bub, M. A.

ISBN: 9783750421783

Buch

GLOSSAR:

Ich glaube an Euch!
Ihr schafft das!

https://www.google.de/?hl=de

Besser noch:

https://info.ecosia.org/what

IMPRESSUM

Autor des Buches ist

Burkhard Tomm-Bub, M.A.
67063 Ludwigshafen
Jakob-Binder-Strasse 22
Mail: ogma1@t-online.de

Herstellung und Verlag:
BoD – Books on Demand,
Norderstedt

ISBN: 978-3-7543-9782-4

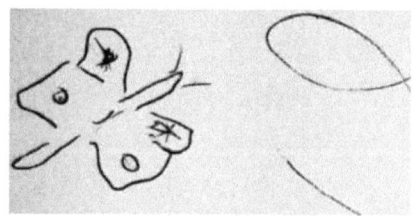